ねじめ正一の商店街本気グルメ

ねじめ正一

廣済堂新書

はじめに

私の家は中央線沿線高円寺の乾物屋であった。その頃の父は、俳句にのめり込んでいて、商売は母に任せっきりで、毎晩俳句仲間と飲み歩いていた。

そんな父が、鰹節だけは人任せにせず、二日酔いでも、風邪で熱があっても、朝早く起きて、鰹を削り機で削っていた。鰹節を削るのは父しかできない仕事であった。

削り機でできるだけ薄くふわふわに削るには、右手でしっかり持った機械のレバーの手加減と、削り機にはめこまれた一二枚の歯と、それに嚙(か)みこませる鰹節の位置とのバランスが大事で、熟練の必要な作業なのだ。

削り機で削っていても、鰹の脂が歯にくっついてきて滑りが悪くなり、削りが荒くなったりぶ厚くなったり、鰹の血合いの部分が多く出てくるようになったりする。

父はその都度、削り機の按配を見ながら鰹節を削っていた。ふわふわした薄い鰹節が、斜めになった大きな口からするすると舞い下りてくると、父は削りたての鰹節を、親指と人差し指で軽くつまんで口に入れて、味と薄さを確かめる。

その姿が、子供心にカッコよく見えた。

美味しい削り節を削ることだけでなく、父は鰹節のカビに最も腐心していた。良いカビも悪いカビも、鰹節とは切っても切れないものだ。父が一番心配していたのは、悪いカビの赤カビである。赤カビが鰹節についていようものなら、どんなにしても売り物にはならない。捨てるしかない。

父は鰹節のカビに振り回されていた。我が家で売っている鰹節は焼津産が多かった。朝、焼津産の鰹節の木箱が何箱も店先に置かれると、家族総出で店の中に入れる。当時、店の前はバス通りで、店前に鰹節の箱を置きっぱなしにしておくと、商店街の道が狭くなるので、バスが通れなくなって、バスの運転手にブブーとクラクションを鳴らされる。父はそれが嫌で、バスの運転手に文句を言われる前に商店街に飛び出ていた木箱を片づけるのだ。

天気のいい日には、それを中庭に運び込み鰹節を木箱からみんな出して、戸板の上に並べ天日干しする。箱を開けるとき、父は赤カビが生えているんじゃないかと、緊張した顔になり、赤カビがないと分かると安堵の表情から今度は、鰹節が欠けてはいないか、一本一本丁寧に目を凝らして点検しながら、戸板に並べていくのだ。この作業が鰹節にとって一番大切なことだと父は思っていた。

またこの光景は、乾物屋が商品とつながっている瞬間でもあった。卸しの品物をただ売るだけではなくて、商品と売り手がくっついていて、焼津の鰹節との連帯の一瞬でもある。商人が生き甲斐を感じるときでもあり、商店街で乾物屋という店を張っていると真に思える瞬間でもある。

鰹節をすべて並べ終えると、父は戸板に並んでいる真っ黒な鰹節たちを眺めながら、タバコを美味しそうに吸っていた。裏庭は鰹節の生臭い匂いがあふれかえっているが、父には磯の香のように思えたのだろうか、父の表情はゆったりと満足そうで、生産地の人たちと無言の会話をしているようでもあった。

天日干しするのは、鰹節の表面にくっついている良い青カビの活性化のためであった。三、四時間の天日干しでも、もっと青カビに活力が生まれてくると父は信じていた。

といっても、天日干しは天気との駆け引きである。雨が降ってきて、鰹節を濡らしてしまったら、元も子もない。鰹節は売り物にならなくなってしまうのである。

空が少し曇ってきて、これはひょっとしたら、雨が降ってくるんじゃないかと予感すると、父は「正一いるか！　いそいで鰹節を片づけろ！」と怒鳴り声を上げてくる。そうなると、父は真っ赤な顔になって、元の木箱に丁寧に積み上げるように入れていく。私も父と同じように木箱に入れていって、いっぱいになると、木箱が鰹節で重たくて重たくて、父と二人で「せーの。よいしょ」と持って裏庭から店の方に入れる。戸板の上に並んでいる鰹節をすべて片づけ終わったころに雨が降り出すのは、しょっちゅうであった。父は普段、天気のことなど気にも止めないが、戸板の上に鰹節を並べたときの父の天気予報の当たる確率は百パーセントであった。

梅雨(つゆ)の時期には、油断をすると、鰹節から虫がわくこともあったので、父は、「正一の生まれた六月は鰹節に油断ができない日なんだよ。そんなときに生まれやがって、もっと乾燥する季節に生まれりゃあよかったのに」と、無茶苦茶なことを言っていた。それくらい、父は鰹節には一喜一憂していたのだ。

そんな父が亡くなって一六年が経つ。

父は商売に熱心ではなく、働き者ではなかったが、私はずうっと父の仕入れる鰹節はすごいもので、父の削り節が日本一美味しいと思っていた。

ところが、私は一四年前にとんでもない鰹節に出会ってしまったのだ。老舗の鰹節屋の番頭さんからさりげなく教えてもらった鰹節が静岡・田子の鰹節であった。江戸の末期から明治初期の古式鰹節製法を今も正しく守っている作り方であった。古式鰹節製造法は、三枚におろした鰹を茹でてから、広葉樹の薪で燻す。表面が黒くて昔からよく見る鰹節であるが、田子で作っているのは本枯節といって四番カビか五番カビまでつけた鰹節のことである。

燻した表面の黒い部分を削り落としてからカビをつける。そのカビを削り落として、またカビをつけて、また、そのカビを削り落としてまたカビをつける。これを四、五回繰り返し、この四番カビ、五番カビをつけるのに四か月以上手間をかけるのである。

四番カビ、五番カビになると、鰹の不純物はほぼ完全にカビによって分解される。本枯節の出汁と普通の出汁を飲み比べてみれば、はっきりと味が違う。普通の鰹節の出汁はごくわずかに酸っぱ味を感じるが、本枯節はどこまでもまろやかな透明な感じがする。

味にでしゃばったところがない。

田子の古式鰹節製造を見て、鰹節はカビつけであることが改めてよくわかった。何度もカビつけすることによって魚臭さもなくなり味に深みが出て、独特の香りも生まれてくる。我が家で扱っていた鰹節とは手間暇のかけ方が違うのだ。父が必死に守っていた天日干しは、父の自己満足に過ぎなかったのかもしれない。

それでも、鰹節に一生懸命向かう父の姿は、俳句にのめり込み、家庭や商売を顧みなかった父の威厳を取り戻させてくれるのに、充分なものだった。父の削った鰹節には父の思い出が詰まっているし、田子の本枯節には手間暇かけてしっかりと伝統を守っている職人の技がきっちり詰まっている。

私の大好きな食べ物には必ず人との繋がりがあって、味を増してくれる。

本書で書きたかったことはどこの店が旨い、まずいではない。それぞれの食べ物がいったい私にとって何なのかを発見したかったのだ。

二〇一五年一月

ねじめ正一

ねじめ正一の商店街本気グルメ

目次

第二章　思い出の味

第三章　本気の味

第四章　旅先の味

第一章　商店街の味

ソーセージ　肉屋のコウちゃん

わがねじめ民芸店が中央線沿線高円寺から隣町の阿佐ヶ谷に引っ越してきたのは昭和四七年春のことである。場所は駅前からはじまるアーケードの阿佐谷パールセンター商店街中ほど。今も相変わらずであるが、間口二間、奥の勝手口は中杉通りに面しているうなぎの寝床に近い小店である。

　引っ越してきた当初は、両親も私もこの阿佐谷パールセンターでやっていけるだろうかと不安でいっぱいだった。ひと駅しか違わないのに、お客さんの顔つきも歩くスピードも違うような気がした。その不安な気持ちを吹っ飛ばしてくれたのが、阿佐谷七夕まつりである。

　ご存じの方も多いと思うが、阿佐谷七夕まつりは毎年八月七日前後に行われる商店街イベントで、パールセンター商店街加盟の各商店は飾りつけを義務づけられている。店を出したばかりのねじめ民芸店でも飾りつけをすることになったのだが、店を閉め、わからないなりにこしらえた笹飾りを二階から下ろして取りつけようと周囲を見回すと、あっちの店でもこっちの店でも、おやじや奥さんが脚立を出して七夕の飾りつけを懸命にやっていた。ああ、みんな同じことをしている。そう思ったら仲間意識のようなものが芽生えてきた。ねじめ民芸店も阿佐谷パールセンター商店街の一員だと、しみじみ実感できたのであった。

とはいうものの、毎年同じことを繰り返していると飽きがくる。昭和二九年にはじまった阿佐谷七夕まつりも一〇年、二〇年と経つうちにマンネリ化してきて、わがねじめ民芸店も半ば義務感のようにして飾りつけを作っているが、私の見る限り三五年間、毎年手を抜かずに見物客に受けようとサービス満点で頑張っている男がいる。肉屋のコウちゃんである。

パールセンター入口の肉屋のコウちゃんは、毎年しっかりと図面を引いて、機械仕掛けの奇妙奇天烈な飾りつけをこしらえてくる。図面どおり作ったのにまったく動かなかった年もあるが、平然として楽しんでいる。コウちゃんは七夕まつりの三、四カ月前からアイデアを考えて、時間をたっぷりかけて工夫する。それが楽しくてしょうがないのである。

　こういうコウちゃんだから、阿佐ヶ谷では知る人ぞ知る有名人である。とくに阿佐ヶ谷在住の漫画家、故永島慎二さんはコウちゃんと阿佐ヶ谷の誰よりも親しくしていた。永島さんのエッセイの中にもコウちゃんを頻繁に登場させていた。それも必ず「肉屋のコウちゃん」である。肉屋がついていないときはない。永島さんが他の人たちにコウちゃんの話をするときも必ず肉屋がついた。コウちゃんと肉屋はセットであって、肉屋でないコウちゃんはコウちゃんではない、と考えているようであった。

　その上さらに、永島さんは肉屋のコウちゃんを怪人と見なしていた。商店街に変人は珍しくないが、怪人はめったにいない。そのめったにいない怪人が肉屋のコウちゃんなのだ。

　かくいう私も肉屋のコウちゃんとは親しい。親しいといっても、しょっちゅう喫茶店でダベったり、飲み屋でわいわいやる仲でもない。道で会ったら立ち話をするぐらいであるが、私も永島さんと同じようにコウちゃんが怪人に見える。ひょうひょうとしてつかみどころがない、何を考えているのかわからない、仙人のような妖怪のような怪人である。

「ねじめさん、ぼくね、目の中の展覧会って言って、目の中に見えるものを毎日ノートにつけているんです」

　ある日コウちゃんが私にそんなことを言った。

「目の中に赤い四つの点が見えたときに四人死んだり、地震を当てたりするときもあるんですよ」

　と言う。いかにも人を脅かすように言うのではなく、淡々と、ひょうひょうと言うからよけい不気味に感じる。今思えば、永島慎二さんがわざわざ肉屋をつけて「肉屋のコウちゃん」と呼んだのは、肉屋と呼ぶことによって、コウちゃんの不気味さに蓋をしたかったたかもしれない。コウちゃんを肉屋の中に入れて蓋をして、安心したかったたかもしれない。あのひょうひょうさと表裏一体になった不気味さをなだめるには、ただのコウちゃんではダメで、肉屋限定のコウちゃんにするしかなかったのかもしれない。

　……さて、ここまで読んでくださった皆さんの中には、「タイトルにソーセージとあるのに、商店街の話ばかりでソーセージのことがちっとも出てこないじゃないか」とご不満の方もおありだろう。ご安心ください、ここからがいよいよ本題です。この肉屋のコウちゃんの作るソーセージが抜群に旨(うま)いのだ。言語道断に、天地神明に誓って旨いのだ。

怪人肉屋のコウちゃんは、じつはソーセージ作りの名人でもある。肉屋の息子として生まれたおかげで若い頃からソーセージ作りには興味があったのだが、二五年前に思い切ってドイツに修業に行き、ソーセージ作りを学んで帰ってきた。今どき外国に修業に行くのは珍しくないが、二五年前に個人で行ったというのが怪人の面目躍如(めんもくやくじょ)だ。

ただしコウちゃんは怪人であるから、旨いだけのソーセージでは満足しない。自らの怪人性を思う存分発揮するのがソーセージ作りだと心得ている節がある。

たとえば、コウちゃんがドイツから帰っていちばん最初に作ったのは「ト音記号ソーセージ」であった。これはその名のとおりト音記号の形をしたソーセージである。こういう形であるから生ソーセージではなく茹(ゆ)でてあるが、茹でたてを細工するため、熱くて手に持つ部分をこしらえるのに苦労したそうである。

「でもさあ、なぜト音記号のソーセージを作ろうと思ったの」

「カラオケブームですよ。ドイツから帰ってきたら日本はカラオケブームで、しょっちゅう連れて行かれてね。下手な唄ばかり聞かされて耳が腐りそうで腹が立ってきたら、だんだんト音記号にまで腹が立ってきて、ト音記号をあたまからむしゃむしゃ一気に食えたらいいなあと思ってさ」

「ト音記号の味の基準は何だったの」

「あ、そんなのないの。俺が食べて旨ければいいんだから。でも、他のソーセージよりも塩加減はちょっと強いかもしれないな。腹が立ってるからな」

　コウちゃんは自分が食べたいソーセージを作っている。したがって、当然ながらコウちゃんの味の基準はコウちゃん自身である。

　コウちゃんがト音記号ソーセージのあとに作ったのが、「金腸うずソーセージ」であった。これは金鳥蚊取り線香のような渦巻き形をしたソーセージだ。「マンモスの輪切り」というのもあった。今は三シリーズをやっている。一はあそ棒シリーズ、二は焼くだけシリーズ、三はそのままシリーズである。ふつうの形をしたソーセージも売っているが、コウちゃんはこの三シリーズを楽しんでいる。中でもあそ棒シリーズの中の「あの肉」と「その肉」は傑作だ。まさしく園山俊二（そのやましゅんじ）描くところのギャートルズの肉のように、ごっつい骨がにょきっと突き出ていて、バーベキューでみんなで焼きながら食べるのにはぴったりである。

　コウちゃんのソーセージ作りを見ていると、阿佐谷七夕まつりの飾りつけを作るのとまったく同じなのだ。ソーセージを作るのが楽しくて楽しくて仕方がない。次から次へとアイデアが生まれてきて、そのアイデアを試したくて眠るヒマがない。昼間は店番をして、店番を終えてからソーセージ作りをして、時間があると喫茶店や飲み屋に出没して、コウちゃんはいつ眠っているのだろうかと心配する声も聞こえてくるほどである。商店街を愛する私のような人間は、コウちゃんみたいな人を見るとうれしくなってくる。怪人の一人や二人がいてくれないと、商店街に未来はないと思えてくる。

　私は仕事柄、地方へ取材に出かけたり、町おこしのヒントがあったら教えてほしいと呼ばれることが多いが、日本全国どこを見回しても活気のある商店街は少ない。どうにかしなければと危機感はあっても、何をしたらいいのかわからなくてジリ貧状態である。

そのジリ貧状態を乗り越えるには、商店街ひとつに最低一人、コウちゃんみたいな人が必要なのだ。自分のやっている仕事が楽しくて楽しくて、あっという間に一日経ってしまう感覚を、周囲に振りまいてくれる人が大切なのだ。

コウちゃんは商店街では稀なキャラクターであり、気ままに商売をやっているように見えるが、その気ままさは商売に手を抜いていることではない。よぶんな力を入れずにひょうひょうと商売をしている。力は抜いて手は抜かない、これが肉屋のコウちゃんのソーセージが旨い理由なのである。

私は怪人コウちゃんと彼の作るソーセージが大好きである。

が、現在コウちゃんはきっぱり商売をやめて、プロの釣師になって、商店街の人たちとはちゃんとつき合っている。

卵

卵が玉子だった頃

巨人、大鵬、卵焼きといえば昭和四〇年代前半の人気の象徴であった。川上監督率いる読売巨人軍は王、長嶋の活躍でV9を果たし、このまま永遠に優勝し続けるのではないかとさえ思えた。大鵬もまた強かった。すくい投げが得意で、優勝回数も三二回で、体が柔らかくて、色が白くて美男だった。柏戸引退のあとは一人で相撲界を支えていた。

そして最後の卵焼きである。今でこそ卵はスーパーの目玉商品になっているが、昭和三〇年代、四〇年代はそれなりに高級な食品であった。字も「卵」より「玉子」と書くことのほうが多かった。「卵」という字は生物学一本槍であって、どちらかというと蛙のタマゴとかメダカのタマゴとかにふさわしい。受精卵、有精卵、卵子……と並べてみても、卵焼きのいい匂いもこんがりした黄金色も浮かんでこない。

その点、玉子は王子という字に似ていて、いかにも高貴な感じがする。玉の輿とか玉手箱とか、玉の付くコトバはどれも有り難味がいっぱいである。ここのところはどうしても「玉子」焼きと書きたい——ということで、ここからは卵ではなく玉子と書くことにする。

そのありがたーい生玉子一個で、高校生の私は朝飯を二膳半食べた。玉子一個でご飯一膳などとんでもない贅沢であり、許されることではなかった。一個の生玉子でご飯を二膳半食べるためには白身をよくよくほぐすのがコツである。箸の先を小鉢の底から離さないようにして、切るようにほぐす。こうするとご飯に玉子をかけたとき、白身がどろっとつながって出て行かないので安心だ。ほぐした玉子の半分で最初の一膳をかき込み、残りの半分で次の一膳を食べ、最後はご飯半膳分を茶碗ではなく玉子の入っていた小鉢によそって、鉢の壁にくっついている玉子をご飯に吸い取らせて食べる。母親は、私がそうやって食べているのを見るとイヤな顔をした。

「いじましい食べ方はやめなさい、みっともない」

そんなときの味方はばあさんだ。

「正ちゃんが食べたあとは洗い物がラクで助かるよ。生玉子は乾くと茶碗にこびりついてなかなか落ちないからね」

ばあさんの言い方は巧妙であった。取りようによっては嫌味でもあった。というのも、わが家は乾物屋で母は店番が忙しく、食事の支度や後片づけはばあさんがやっていたからだ。嫁である母親は当然ながらばあさんの言葉を嫌味と取って、ムッとした顔で店へ行ってしまうのであった。

そういえば目玉焼きも玉子一個がふつうで、二個だと「両目焼き」といって、とたんに夕食のメイン・ディッシュに格上げされた。刻みキャベツを枕に、ウインナ炒め二、三本を従えた両目焼きは主菜にふさわしく色合いも派手で、私はいつも醬油をかけようか、ソースをかけようかと迷った。ウインナにはソースが合うのだが目玉部分には醬油のほうが合うのだ。塩をかけて食べるということはしなかった。塩ではご飯のおかずにならなかった。

これが玉子焼きとなるとたいへんである。玉子焼きは両目どころではなく、最低でも玉子を五、六個使わないとできない。一般家庭で一度に五個も六個も玉子を割るなどたいへんなことであった。しかも玉子をいっぱい使う割には食卓で主役を張れない。焼き魚とかコロッケとか、ほかにもうひとつ存在感のあるおかずがないと晩飯として成立しない。しかし、その「一品で主役を張れない」というところが贅沢感につながっているのだ。

　そんなわけで、わが家では玉子焼きが食卓に上るのは正月を除けば二カ月に一度ぐらいであった。焼くのは例によってばあさんだったが、ばあさんは玉子を割ると殻の内側を指でこそげて白身の一滴までボウルに入れた。殻は取っておいて、植木鉢や庭の植木のまわりに伏せて置いた。こうすると木がよく育つといわれていたのだ。ボウルに玉子を割り入れたら菜箸(さいばし)で器用に紐(ひも)状のものを取り、味の素と砂糖を入れて、塩と醤油もちょいと入れて、専用の四角い銅鍋で焼く。油をしみ込ませたガーゼで鍋肌をぬぐって玉子汁を流し込み、上は半熟で下に焦げ目がついたら箸で畳んで手前に寄せて鍋肌をまたガーゼでぬぐい、手前を少し持ち上げて玉子汁を足す。その繰り返しは儀式のようで緊張感があった。

　やがて玉子の焼ける甘く香ばしい匂いが台所いっぱいに広がる。店番中の住み込み店員が鼻をヒクヒクさせながら顔をのぞかせて、「豪勢な匂いっスね」などと言ったりもする。ばあさんの作る玉子焼きは砂糖と醤油の味がしっかりついて、ご飯のおかずとしてよく合った。味が濃いから冷めても美味しかった。

うちの店では玉子を売っていた。毎朝七時過ぎになると、玉子の木箱が店に届いた。父親が木箱を開け、もみ殻の中から一つ、二つと玉子を取り出す。ひと箱の中には必ず割れた玉子があって、ぐしゃっと砕けた殻から中身が出てもみ殻まみれになっていた。「しょうがねえなあ」と父親はつぶやき、割れた玉子の数をチェックして卸屋に電話した。玉子の利幅は少ないので、ちゃんと連絡してその分を引いてもらわないと儲けが出なかった。

玉子は乾物屋の中では異色の商品だ。乾物は虫が湧いたり湿気たりすることはあっても腐ることはないが、玉子は腐る。腐った玉子は割ると玉子の黄身の丸みがなくなって、イヤなアンモニア臭がする。だから置き場所には注意が必要だった。風通しをよくして、ぜったいに直射日光に当ててはいけなかった。

といって、店の奥に並べるわけにもいかない。何しろ玉子は贅沢品だから、お客さんは自分で見て買いたがる。殻のお尻がざらざらしているのが新しいとかで選ぶお客もいたし、一個一個電球に透かして、黄身の大きさを調べて買う客もいた。そんなわけで、玉子は店先に並べるが、午後になったらよくよく注意して、西日が当たる前に日除けを下ろして日光を遮らなければならない。そんなに注意しても、朝、店を開ける前にお客さんが卵を割った小鉢を手に苦情を言いにくるのもひと夏に二度や三度ではなかった。

「どうもすみません、申し訳ありません」

母親がペコペコ謝って新しい玉子と交換するのを茶の間で聞きながら、父親は「しょうがねえなあ」と舌打ちした。母親が戻ってくると不機嫌な顔で「玉子なんか止めだ止めだ」と文句をつけた。利幅は薄い、神経は使う、客扱いは面倒臭いと三拍子揃った厄介者の玉子を、父親が毛嫌いするのも無理はなかった。

だが母親はガンとして「うん」と言わないのだ。負けず嫌いの母親はライバルに負けたくなかった。隣の商店街の乾物屋でも玉子を売っていたし、市場の中にある乾物屋でも玉子を扱っていた。うちだけ玉子を置いてないなんてカッコ悪い、というのが母親の言い分であった。母親にとって玉子を置くのは乾物屋のステイタスだった。玉子は貴重品という意識がどこかに残っていたのかもしれない。

ためつすがめつ玉子を選ぶ客の横で父親がムッとした顔をしていると、母親はすっ飛んで行って客の応対をした。父親が何か言って客と喧嘩になると困るからだ。玉子嫌いの父親は玉子を選ぶ客も嫌いであった。客が帰ると必ず、「ケチくさい！　黄身の大きさなんて大して変わりゃしないのに」と吐いて捨てるように言った。

そんな父親が感心した客が一人だけいた。それは映画俳優の伊藤雄之助であった。伊藤雄之助はその頃高円寺に住んでいて、商店街をよく歩いていた。父親は伊藤雄之助のファンだった。「いい脇役だ」「伊藤雄之助が出ると映画がしまる」と言って、店の前を通るたびに目で追いかけていた。そんなある日、伊藤雄之助がうちの店に玉子を買いにきた。その買い方が、父親が大嫌いな一個一個電球に透かす買い方だったのだ。

冬の夕暮れ、特徴あるあの長い顔の、厚い唇の伊藤雄之助が、店先にぶら下げた一〇〇ワットの裸電球に顔を向けて玉子をかざしている姿は映画の一シーンのようであった。ふだん当たり前に過ごしている自分の店が、ふいに別の次元に行ってしまったような気がした。

しばらくして伊藤雄之助が玉子を選び終えた。選んだ玉子の入った笊を母親が受け取り、新聞紙にくるんで渡した。私はそっと父親の顔を見た。大好きな伊藤雄之助があんな玉子の買い方をしてさぞガッカリしているのではないかと思った。ところがところが、父親は伊藤雄之助の姿が見えなくなったとたんに「俳優なのにエライ！」と褒めるではないか。

「さすがだな。あんな玉子の選び方をするなんて庶民的でエライじゃないか。やっぱり地に足が着いた俳優は違う」

しきりに感心する父親に、私はガッカリしてしまった。ふつうの人が玉子を電球に透かして黄身の大きさを調べるとケチくさくて、俳優がやると庶民的でエライ！　ということになる。そう思う父親の心が、電球にかざした玉子の黄身のように透けて見えたのだった。

玉子は今や行儀よくパックに入って売られていて、電球にかざしたくてもかざせない。玉子焼きをつくるのに罪悪感を感じることもなくなったし、両目焼きに欣喜雀躍する子供もいなくなった。それはとてもいいことだが、反面、どことなく淋しい気もするのである。

寒天　昔も今もとにかく大好物

数年前、ダイエットにいいとかで寒天が大ブームになったことがある。あちらの雑誌、こちらのテレビでさかんに紹介されていたが、使われていたのはほとんどが粉寒天で、乾物屋の息子である私には感慨深いものがあった。私の生家で売っていたのは、三センチ角、長さ三〇センチほどの棒寒天だけだったからだ。

乾物屋といえば、私の少年時代の昭和三〇年代でさえ、地味、陰気、年寄りくさいと三拍子揃った商売だった。中でも棒寒天は乾物屋を象徴するような食べ物であった。まず第一にその姿だ。干涸(ひから)びて、ホコリをかぶったような薄ねず黄色い色をしている。干したときについたのか、わら屑(くず)がこびりついているのもある。持っても目方があるのかしらと思うほど軽く、スカスカして有り難味がない。食物繊維は多く含むものの、豆類のように栄養が詰まっているわけでもなく、昆布や椎茸(しいたけ)のようないい香りもなく、煮干しや鰹節のようにタンパク質のリッチ感もない。もしも私が友達から「棒寒天みたいなヤツだ」と言われたら、かなりショックを受けたに違いない。

しかし、見てくれの悪いこの寒天が私の大好物であった。五月、黄金週間が過ぎ、気温がぐんと上がる頃になると、私はばあさんに「寒天作って」とねだる。

「おや、もうそんな時節かねえ」

ばあさんは店の棒寒天を持ち出して、よっこらしょと台所に立つ。作り方は簡単だ。寒天を水で濡らしてちぎり、鍋に入れて、水を入れて、火にかけて煮溶かす。溶けたらホウロウの四角い器に流し、冷めて固まるのを待つ。その固まるまでの時間が長かった。早く早くと食い気が急いて、うちわであおいだり、ホウロウの器を水を張った洗面器に浮かべたりした。水道の水より冷たいからと、井戸端に持ち出してバケツに浮かべたのはいいが、器が傾いで中身がバケツの水と混じってしまったこともあった。あのときは情けなかった。

そうやって待って待って、寒天がようやく固まると、器を裏返してまな板に取り出す。菜切り包丁でトントントントンと賽の目に切る。切ったのを小丼に入れて砂糖をかけて食べる。蜜(みつ)なんかかけなかった。砂糖でじゅうぶん旨かった。白砂糖をかければ白蜜の味に、黒砂糖をかければ黒蜜の味になった。ばあさんは煮溶かした寒天を布巾(ふきん)で濾(こ)すなどという洒落(しゃれ)たことはしなかったので、ときどき溶けきれなかった固いものが舌に触った。目分量で作るから、固さも日によって違っていた。だが、子供の私はそんなことを気にするはずもなく、旨い旨いと食べていた。ちゅるちゅる食べていた。

世の中にもっとステキな寒天があることを知ったのは、小学校の（たしか）四年生のときである。クラスのSさんという女の子のお誕生会に呼ばれて行ったら、お母さん手作りのミルク羹(かん)が出たのだ。一人前ずつガラスの器で固めたミルク羹は、「どうぞ」とテーブルに置かれると表面がぷるぷるとふるえた。上に缶詰のミカンが風車のように飾られていて、食べるのがもったいなくなるような美しさだった。私は（Sさんみたいだ）と思った。Sさんは色白でかわいくて勉強ができた。憧(あこが)れている男の子も多かったのだ。

「ねじめ君もどうぞ」

Sさんのお母さんに言われ、ひとさじ掬(すく)って口に入れると、バニラの香りが口いっぱいに広がった。アイスクリームをうんと上品に、清楚（せいそ）にしたような味であった。（Ｓさんに似ている）とまた思った。同じ寒天から作る食べ物でも、私が日頃食べている寒天とはまるで違っていた。天と地ほどの差があった。

その差は手間と時間の差である。私の家にもミカンの缶詰ぐらいはあり、牛乳だって冷蔵庫にあった。しかしばあさんは忙しかった。水の量を正確に量ったり、布巾で濾したり、濾した布巾を洗ったり、一人前ずつの器に入れたり、ミカンを放射状に並べたりするヒマはなかった。

「見かけはどうでも、口に入れれば同じ」

一家で乾物屋を営むわが家の、これが料理のモットーであった。手間と時間をかけることは文化ではないかもしれないが、少なくとも教養ではある。Ｓさんの家のミルク羹には教養があり、ばあさんが作る寒天には教養がなかった。小学生の私はそれを薄々感じていた。私を含めたクラスの悪ガキ連中がＳさんに憧れる気持ちの半分は、Ｓさんが醸（かも）し出す教養の雰囲気に憧れたのだ。とまれ、バニラエッセンスの香り高いミルク羹は、私にとって毎日食べたい寒天ではなかった。毎日食べるなら、ばあさんの作る、ときどき舌に固いもののが残る寒天のほうが気がおけなくてよかった。

寒天ではもうひとつ、思い出がある。やはり小学生時代、風邪をこじらせて高熱が出たことがあった。本人は朦朧としてわからなかったが、あとで母親に聞いたら四〇度を超えていたそうだ。元気すぎるほど元気な私が寝込んだものだから、父親はひどく心配して、私が寝ている部屋に一日に何度も様子を見にきた。こんこんと眠り続け、ときにはうわごとをつぶやく私を見て、母親に「正一は熱でやられるんじゃないか。大丈夫だろうか！　大丈夫だろうか！」とおろおろしながら言ったというから、並大抵の心配ではなかったのだろう。

その私が、少し熱が下がったとき「寒天が食べたい」と言ったのだそうだ。それを聞いた父親は、母親にすぐに寒天を作るように命じた。母親はさっそく作りはじめたが、しかし、寒天は固まるのに時間がかかる。冷蔵庫に入れたって五分や一〇分では固くならない。苛立った父親は外へ飛び出すや、駅前の果物屋に駆け込んでみつ豆の缶詰を買ってきた。缶詰のみつ豆は果物の一種とはいえないが、当時はたしかに果物屋でみつ豆の缶詰を売っていたのだった。

「お父さんたら、よっぽど焦ってたみたいでね。みつ豆の缶詰を開けるときにカン切りが錆(さ)びついているのに気がつかないでなかなか開けられず〝何だこの缶詰は〟って怒鳴ったのよ」

父親の動転ぶりを思い出して母親は笑うのだが、私はそんなことは知らない。「正一、ほら寒天だぞ」と父親がスプーンで口に運んでくれた寒天は、何日かぶりに食べる固形物であった。火照(ほて)ってカラカラの喉(のど)をスーッと滑り降りていった。意識はまだ朦朧としていたが、寒天の冷たさと、父親の「ゆっくり食べろ」という言葉だけはわかった。

これまたあとで母親に聞いたところによると、父親の「ゆっくり食べろ」に私がニヤッと笑ったのを見て、父親は（助かった、正一は助かった）と思ったそうである。あいつは俺がいつになく優しいのを見てとって、「しめた」という顔つきで笑った。その笑い顔で父親は安心したわけである。父親にとっては、いや私にとっても、みつ豆の缶詰様々であった。

あれから半世紀たった今でも、私の寒天好きは変わらない。海のそばを車で走っていて「ところてん」「寒天」という字を目にするとつい店に入ってしまうが、テングサの産地近くだからといって、つねに美味しい寒天にありつけるわけでもない。そんな中、小説の取材で鳥羽に行った帰りに、志摩市の大王崎灯台入口で食べたところてんは、私の寒天人生の中で一、二を争う旨さであった。

灯台を見学した帰り、例によって「ところてん」の旗に惹かれて田舎の食堂風お休み処に入ると「いらっしゃい」と出てきたのは、昔はさぞ美人だったろうと思わせる、腰のピンと伸びたおばあちゃん。「何にします」と聞かれて壁を見れば、「黒蜜」「白蜜」の字がある。酢ではなく、蜜で食べさせてくれるのである。すっぱいのが苦手な私は黒蜜を頼んだ。すぐに出てきたその黒蜜ところてんのぷりぷりなこと！　こちこちではないのに舌触りがしっかりしている。ほどよい弾力があり、口の中でひと踊りするとつるつると喉に入っていく。思わず「うまいね」と言うと、おばあちゃんが「今朝採ってきたばかりだからね」と笑うではないか。アッと思った。乾物の棒寒天とはまるで違うこのぷりっぷりの食感は、生のテングサからこしらえたところてんならではの食感なのだ。

「入口脇に積んであったでしょ。あれ、今朝私が採ってきたテングサ」

「えっ。おばあちゃんが自分で採るの」

「だって私は海女だもの。今でも海に潜ってるもの」

若い頃はアワビを採っていたが、さすがに深くは潜れなくなり、今は海岸の近くでテングサを採っているのだと現役海女のおばあちゃんは言った。鳥羽のテングサは日本一だと胸を張っていた。

東京へ戻って調べてみたら、おばあちゃんの言うとおり、鳥羽のテングサは毎年たいへんな高値で入札されるという。機会があればまたぜひ大王崎に行って、おばあちゃんの採ってきたテングサのところてんを食べたいものである。

油揚げ

いちばん好きな食べ物

最後の晩餐は何にしたいかと問われることがある。死ぬ間際に本当に食べたいものは何かと訊かれても、死ぬ間際なので、きっと体力的にも衰えているにちがいないから、あんまりこってりしたものは食べたくないだろう。うーむ！　と唸ること二時間。やっとこさ浮かんできた。それは油揚げだ。薄めの油揚げを焼いて、醬油を垂らしてからしで食べるのは最高だ！　鳶に油揚げをさらわれるという慣用句があるほどだから、油揚げは美味しいものの代名詞である。あの鳶でさえも狙っていて、横合いから奪われて呆然としている人の様が浮かんでくる。

考えてみれば、私と油揚げとの付き合いは長い。

昭和三〇年代、私の子供の頃、近所の豆腐屋さんは早朝と夕方の二回、油揚げを揚げていた。それは油揚げショーと呼んでもいいくらい見どころのある作業だった。豆腐屋のおじさんが油のたっぷり入った鍋に薄く切った豆腐をするり、するりとすべらし入れるところから油揚げショーははじまる。豆腐はいったん沈むのだが、しばらくすると先に入れたのから順にぽこん、ぽこんと浮き上がってくる。ここが豆腐から油揚げへの変わり目である。子供の私には煮え立つ油を使っているスリリングさもたまらなかったし、薄い豆腐がきつね色になって、ぜんぜん別の食べ物になっていく感じも不思議であった。白い作業服を着て、長靴を履いて、掬い網を持っている姿はカッコよかった。

浮き上がってきた油揚げを、豆腐屋のおじさんは餅網風の丸くて大きな掬い網の柄でちょんちょんつっつく。油揚げ同士が重ならないように、均等に揚げ色がつくようにするためである。つっつきながら、油揚げがちょうどいいきつね色になったのを見きわめると、最後の仕上げに掬い網で油揚げをひっくり返す。そのひっくり返すときのタイミングのよさ、リズミカルさに私は釘付けになった。

豆腐屋のおじさんは両面きれいなきつね色になった油揚げを一枚一枚すいっ、すいっと掬い、横の揚げざるに移す。揚げざるは座布団二つ分ぐらいの大きさで、目の粗い網でできている。ざるから落ちた油が鍋へ戻るようになっているのも、子供心には「すごい！」なのであった。

　そうやって油切りが済むと、待ちかまえていた豆腐屋のおばさんが大きな菜箸（さいばし）で油揚げを店のバットにきれいに並べていく。豆腐屋さんの前に立ち止まって、油揚げ作りを見ているのは子供の私だけでなく、買い物カゴをさげたおばさんたちも出来たてほやほやの油揚げを買いたくて、揚げ終わるのを待っていた。給料日前などは、おばさんが店のバットに並べる前からどんどん売れた。子供の私には豆腐屋のおじさんはちょっとしたエンターテナーであった。だが、おじさんはそんなことはおかまいなしに毎日同じ時間に、同じように、油揚げを揚げているだけであった。

　わが家では父親が、この揚げたての油揚げが大好きであった。私はよく買いに行かされた。出来たてほやほやの油揚げは菜種油（なたねあぶら）の香ばしい匂いがした。紙でくるっと包んであるのだが、帰るまでに紙に油がしみて手がべとべとになった。それくらい揚げたてなのだ。

　私が戻ると、父親はニコニコしながら「いい匂いだな」と言って包みを受け取り、母親に渡す。母親はそれを新聞紙を敷いたまな板に載せ、包丁で切る。揚げたてだから油揚げはぱりんと切れた。皿に載せ、「はいどうぞ」と父親の前に出すと、父親はまた「いい匂いだな」と言って、醤油をちょろりと垂らして口に放り込むのであった。

それにしても私の場合、食べ物に関しては父親の影響が大きい。柿の種、ところてんなど、父親の影響で好きになったものがいくつもある。揚げたてほやほやの油揚げももちろんそのひとつである。「おふくろの味」という言葉があるのだから、「おやじの好物」という言葉だってもっと一般的になってもいいと思うのだが、いかがだろうか。

三年ほど前まで、私は夜型人間だった。仕事を終えて家に戻るのは、毎日明け方の五時前後だった。仕事場から自宅に戻る道の途中に豆腐屋さんが一軒ある。明け方の道をとぼとぼ歩いていると、豆腐屋さんの手前五〇メートルあたりから、店先に湯気がもうもうと立ちこめているのが見える。その湯気を見ると、仕事でへとへとになった私は少し元気になる。冷えた身体がじんわり温まってくる。そして、子供の頃と同じように豆腐屋さんの前に立ち止まって、油揚げができるのを待って買って帰り、寝静まったわが家の台所で醤油を垂らしからしをつけて食べるのであった。あの夜明けの油揚げは本当に美味しかった。冒頭で最後の晩餐のことを書いたが、夜明けの油揚げを食べ終わってベッドに入るときの幸福感といったら、あのまま死んでもいいくらいであつた。

その後体調を崩して夜型から昼型へ切り替えたので、明け方にこの豆腐屋さんの前を通ることは少なくなった。この店では油揚げを揚げるのは朝だけなので、今は残念ながら揚げたての油揚げを買うことはできない。

そんなわけで、最近はやむなくスーパーの油揚げも食べる。揚げたてではないから網で焼いて食べるのだが、困ったことに最近巷では厚い油揚げが流行らしく、スーパーに並んでいるのも豆腐っぽさが残っている厚いものばかりである。その中からなるべく薄いのを選んで買ってくるのだが、食感も香ばしさも近所の豆腐屋さんの出来たてほやほやには遠く及ばない。

この厚い油揚げであるが、関西出身のウチのオクサンによると、あちらでは厚いのがふつうらしい。油揚げを焼いて醬油を垂らして食べる食べ方もしないという。

「だから結婚前、あなたが油揚げを焼いて食べているのを見てビックリしたわ。よっぽど貧乏な家で育ったのかしらと思った」

オクサンにとっては、油揚げはそのまま食べるものではなく、切干し大根を煮るときの相棒であり、ジャガイモの味噌汁の相棒である。あくまで相棒役なのだ。オクサンによれば、最近スーパーで増えている厚い油揚げはまさしく関西風である。煮物の相棒としては厚くないと味がしみないからである。

　そうなると、ここで問題が出てくる。それはおいなりさん問題である。

　油揚げを焼いて食べるのも好きであるが、私はおいなりさんも好きである。私のおふくろの味はおいなりさんである。母親はおいなりさんを作るとよく「正一、おいなりさんを作ったんだけど、取りにこないかい」と電話をかけて寄越した。実家に行くと、母親はお盆に五〇個ほどおいなりさんを積み上げて私を待っている。そのおいなりさんは大きい。街で売っているおいなりさんの二倍はある。ふつうの大きさの油揚げを半分に切って、椎茸やニンジンなどが入った酢飯をぱんぱんに入れる。油揚げの折り代なんかなく、まるで歪んだ軟球ボールだ。

　このおいなりさん、二つ食べるともうお腹がいっぱいになってしまうほどであるが、これが旨い。見てくれは悪いが味はいい。その味の主役が関東風の薄い油揚げなのだ。おいなりさんの油揚げは汁気を含みすぎないほうがいいし、薄いほうが中の酢飯と喧嘩しなくていい。私がおいなりさん問題というのもまさにこの点であって、スーパーの厚い油揚げでは、油揚げが主張しすぎて旨くない。

私の母親はわずらって、今は右手に麻痺(まひ)が出て、もうおいなりさんを作ることはできない。母親のおいなりさんは幻の味になってしまった。しかし、うちの近所の豆腐屋さんはまだ商いを続けている。薄くてぱりっとした昔ながらの油揚げを、毎朝きちんと揚げている。早起きして店に行けば、父親が食べたのと同じ、母親がおいなりさんを作ったのと同じ油揚げを買うことができる。これはありがたいことである。

そうなのだ。町の商店がきちんと商売を続けてくれることは、とてもありがたいことなのだ。私が食べ物のことを考えるとき、町の商店の出番は多かった。私はスーパーの便利さを否定するものではないが（しょっちゅう利用もさせてもらっているが）、しかし便利さにすり寄るあまり、町の商店のありがたさを忘れてはならない。それは地味だが、かけがえのないありがたさである。そのことを肝(きも)に銘じて食べ続けていきたいと考えている。

さつま揚げ　手ごわい庶民派は、人生の友

鹿児島県から薩摩大使なるものを仰せつかっている。大使といってもたいしたことはなく、まあ親善係というか広報係というか、機会があったら鹿児島の宣伝をしてくださいといった程度の役割だ。

鹿児島県肝属郡に根占町という名の町がある（二〇〇五年の合併で現在は南大隅町）。町の名前の由来はかつてこの地を支配していた豪族かつ海賊の根占氏である。この根占がわがねじめ家のルーツと言われていて、私も何度か訪問し、町の方々とも仲良くさせていただいている。その縁で薩摩大使を仰せつかってはいるが、本当のところさつま揚げが好きだから薩摩大使を引き受けたのだ。鹿児島ではさつま揚げといわずにつけ揚げというが、私はこのさつま揚げが大好物なのだ。

さつま揚げの特徴は家庭ではちょっと作りづらいこと、タンパク質と油脂という二大

豪華成分で出来上がっていることである。同じ揚げ物でもコロッケは中身がジャガイモでんぷんで豪華さに欠けるし、天ぷらやトンカツは素材を揚げるだけなので（美味しいかどうかは別として）作ろうと思えば誰にでも作れる。しかしさつま揚げはそうはいかない。さつま揚げという食べ物は庶民的なくせに手ごわいところがある。シロウトがヘタに手を出すべきでないといったニュアンスがある。

居酒屋のメニューによく登場するのもその辺に秘密があるようで、たとえチェーン店の居酒屋であってもさつま揚げをメニューに載せることによって本格派のニオイを感じさせることができるわけである。

家庭では作りづらい食べ物のせいか、私の子供の頃は少し大きな商店街にはさつま揚げ屋が必ず一軒はあった。業種としては練り物屋であるが、看板はたいてい「蒲鉾（かまぼこ）、さつま揚げ」となっている。さつま揚げが主力商品であるにもかかわらず、蒲鉾が先にくるところが両者の社会的地位を現している。さつま揚げより蒲鉾のほうがエライのである。

私の生まれた高円寺にもさつま揚げ屋はあった。屋号を「愛川屋（あいかわや）」という。今もある。

両親が営む乾物屋は北口商店街だったが愛川屋は南口で、現在はルック商店街という名前になった商店街の右側に間口の大きな店を構えていた。わが家は両親もばあさんも愛川屋のさつま揚げのファンであった。小学校二、三年生になると「正一、ちょっと行ってきて」と母親に頼まれて、愛川屋へよく買い物に行かされたものだ。

　何を買うかは母親が紙に書いてくれる。その紙とお金を持って、私は中央線の線路を渡り、ドキドキ、とろとろと歩いていく。昭和三〇年代の南口は北口と違って町の雰囲気があやしげであった。商店街の一本向こうの路地に入るとバーが何十軒も軒を連ねていた。映画館も二軒あった。昼間はただの薄汚い路地だが、夕暮れが近づくと、胸の開いたドレスを着た女の人があっちからもこっちからも湧いてきた。「あら坊やお使い？エライわね」などと、訛（なま）りのあるダミ声で声をかけられたりすることもあった。すると私は恥ずかしくなって、走り出さずにはいられなくなる。

　夕暮れどきのその時間、愛川屋はお客でいっぱいだった。買い物カゴをさげたおばさんの群れに混じると、今通ってきたばかりの路地がひどく遠いところに思えた。私はさつま揚げをしこたま買い込んで帰る。家族と住み込み店員合わせて七人分のさつま揚げは重かった。やっとこやっとこ抱えて帰ると、店先の父親が「おっ」という顔でニヤリと笑った。さつま揚げのニオイが鼻をくすぐるのだ。運よく客が切れていると私のあとについてきて、買ってきたばかりのさつま揚げをつまむこともあった。

父親は酒を飲んだが、愛川屋のさつま揚げは酒のつまみではない。小腹が空いたとき、醤油もつけずにむしゃむしゃと食べるのだ。私もそうした。夕方に買ったさつま揚げはうっすらとなま温かく、一枚食べると指が油でべとべとになった。その油を紺の前掛けでささっとぬぐって父親は店に戻っていく。そのしぐさがひどくカッコよく見えた。ハンカチでぬぐったりするのは女みたいでちっともカッコよくなくて、父親の前掛けが、つまりは父親のやることがカッコいいのであった。

私が二〇歳のとき、わが家は高円寺の乾物屋を畳んで隣町の阿佐ヶ谷で民芸品屋をはじめた。阿佐ヶ谷にも評判のいいさつま揚げ屋はあったが、わが家ではさつま揚げは相変わらず愛川屋であった。食べたくなるとひと駅歩いて買いに行った。

今回この原稿を書くにあたって、愛川屋さんに見学をお願いした。オクサンはこころよく引き受けてくださったが、そのときにはじめて、去年ご主人が脳梗塞で倒れられたとうかがった。それまではご主人が揚げ方をやっていたのだが、以降はオクサンがさつま揚げを揚げているそうである。オクサンがすぐに代われるのは、ご主人の仕事をちゃんと見ていた証拠である。私も気がつかなかったくらいだから、味もご主人が揚げていたときとまったく変わらない。

しかしながら、揚げることはできても、すり身を作るのは男の仕事である。愛川屋にはベテランの職人さんがいて、マグロ、ホッケ、ワラヅカ、イシモチ、スケソウダラなどの魚を機械に入れて、骨と皮を分離する。それを見ていて思い出した。昔は職人さんが大きなまな板の前で、包丁を器用にあやつって、トトトン、トトトン、トントトトンと魚の身を叩いていた。すごい速さであった。機械がなかったころは毎日ああやってすり身をこしらえていたのだ。作業を拝見しながら私の父親の話をした。父親が飲んべえのくせにさつま揚げを酒のつまみにしなかったというと、愛川屋さんのオクサンはうなずいて「さつま揚げはそのまま食べると甘いですからね」と言った。

「そういえば甘いですね。砂糖を入れるんですか」

「ええ。九州では黒砂糖を使うようですが、うちはザラメを入れます。先代が東京らしいさつま揚げを作りたいと考えて試行錯誤して、ザラメに行き着いたんですよ」

そうか。ビールの宣伝文句ではないが、〝コクがあるのにキレがある〟あの味はザラメが生み出すものであったのか。

「野菜を揚げるの難しくないですか。ナスとかピーマンとか、揚げてるうちにすり身と分離しそうで」

「ゴボウが難しいですね。固いからじっくり火を通さないとならないんだけど、中から抜けてきちゃうんですよ。あとは寄せ揚げ。うちの寄せ揚げにはニンジンやグリーンピースのほかにモヤシが入ってるんで、水気が多くてね。他の野菜とのバランスがあるからよけい難しいです」

なるほどなるほど。お話をうかがっている間にもどんどんお客がくる。セット詰めを贈答用に買っていく人もいるし、地方発送を頼んでいる人もいる。店に並んだ三一種類のさつま揚げがどんどん減っていく。私も商人の子である。忙しくなってきたのに取材とは失礼のきわみであるからして、お礼を言っておいとまする。

久々に買い込んだずっしり重いさつま揚げを抱えて家に向かう帰り道、ふともうひとつのさつま揚げを思い出した。鹿児島でも東京でもない、宮崎のさつま揚げだ。忘れもしない平成一三年三月、長嶋監督の最後の巨人宮崎キャンプを見に出かけたとき、長嶋さんに食事を招待されて食べたさつま揚げだ。

　長嶋巨人のキャンプへは毎年行っていたが、いつも仕事がらみであった。この年だけ仕事なしで、純粋にキャンプを見るためだけに行った。長嶋さんは私が一人できたことを知ると、巨人軍宿舎青島グランドホテルでの夜の食事に誘ってくれたのだった。そのときに出たさつま揚げを忘れることはできない。コロッケほどもある大きなさつま揚げであった。長嶋さんに「ねじめさん、宮崎のさつま揚げは鹿児島のと違いますよ。食べてみてください」と言われて食べると、味はパワフルであった。甘みも強かった。すり身が油に負けていなかった。しっかりと力強く、食べたそばから血となり肉となる感じで、いかにもスポーツ選手が食べるさつま揚げであった。

　あとで長嶋さんのマネージャーにうかがったのだが、あのさつま揚げは青島の近くにある木花（きばな）という町の料亭、「吉永（よしなが）」のご主人が長嶋さんのために工夫した、マグロの身だけで作ったさつま揚げだそうである。吉永のご主人は長嶋さんが好きなのをよくわかっていて、あの日わざわざ作ってホテルまで届けてくれたのである。

宮崎のあのさつま揚げは一度食べたきりであるが、愛川屋のさつま揚げとともに、私の人生の中の大切なさつま揚げであることは間違いない。

※残念ながら取材しに行った一年半後に愛川屋さんは店をやめてしまった。幻の味がまたひとつ増えてしまった。

チャーハン　「ひと粒ひと粒、独立独歩」は腕が勝負

中国料理のスタンダードといえば、チャーハンである。餃子（ギョーザ）でも酢豚でもなくチャーハンである。湯麵（タンメン）でもエビチリでもなくチャーハンである。世界中、どこの中国料理店に行ってもメニューにチャーハンがない店はないだろう。私自身、チャーハンはイタリアでも食べたしロサンゼルスでも食べた。オーストラリアでも食べたし香港でも食べた（まあ、香港は当然かもしれないが）。どの国のどの町のチャーハンも極端な違いはなく、これはチャーハンだと納得できるものであった。料理としてスタンダードが確立しているのだ。

これはじつはたいへんなことである。スタンダードが確立しているということは、「旨い」の幅が狭いということだからである。

わが家の子供たちが小さかった頃、冷やご飯でよくチャーハンを作った。休日の昼間、

子供たちの「お腹が空いた〜」で目が覚める。オクサンは店番に出かけて留守なので、土日の昼食は私の係なのだ。

目をこすりこすり台所へ行き、オクサンが何か用意しておいてくれたのではないかと、淡い期待を抱きながら冷蔵庫を開ける。その期待はもちろんすぐに裏切られて、子供たちの「早く早く」に急かされながら台所を右往左往することになる。

チャーハンはこういうときにじつに便利なメニューであった。冷やご飯さえあれば、ネギは干涸びかけたのが半分もあればいいし、卵は一個でもいい。ハムの切れっ端があれば上等だし、なければ挽肉でも皮を剝いたウインナソーセージでもそれなりの味になる。五分もあれば出来上がるので、腹ペコどもを待たせることもない。

そんなわけで、わが家の休日の昼食にはしょっちゅうチャーハンが登場したのだが、子供たちの評判はイマイチであった。卵を一人一個当てにしてもハムを増量してもダメであった。醤油味が受けないのかと、丸美屋のチャーハンの素を買ってきて味付けしてもダメであった。お父さんのチャーハンはベチャッとして美味しくない、と言って半分以上残すのだ。何という贅沢！　何という我儘！　子供たちの残したチャーハンを食べながら、「時代が変わったなあ」とつくづく思ったものだ。

私が小学生の頃、祖母が作ったチャーハンはまずかった。母親がこしらえたチャーハンも甲乙付けがたくまずかった。油を吸い込んだご飯が団子状にくっついて、しかも焦げていた。今思えばどうしようもない代物だが、腹を空かせた小学生の私はこんなものだと思って食べていた。昭和三〇年代の育ち盛り食べ盛りは、昼飯は油っこく腹持ちいいのが第一条件で、味は二の次三の次だった。だからたまに近所からチャーハンの出前を取ると感動した。

ねじめ家御用達の中国料理店は大村食堂といって、名前が示すとおり中国料理のほかにカツ丼や親子丼、カレーライスなどもメニューに載っていた。おやじさんは引き揚げ者で、満州にいるときに中国料理を覚えたのだった。当時はそういう店が多かった。

大村食堂のチャーハンには並と上がある。わが家の出前は当然ながら並である。岡持を下げたお兄さんが「お待ち～」と言って土間の上がり框に注文の品を並べるのはウキウキする光景であった。プリントの剝げかけた皿に盛られたチャーハンはこんもりと丸かった。頂上のグリーンピースの緑が食欲をそそった。並はグリーンピースだけだが、上はその横にエビが載っているのだった。チャーハンにはスープが付く。このスープも並はネギが浮いているだけだが、上には溶き卵が入っていた。スープの丸い小さい瀬戸物の容器で、裏返した小皿で蓋(ふた)がしてあった。この小皿は食べるときにはちりれんげ置きに使うのだ。

「こぼすんじゃないよ」と祖母に言われるまでもなく、大事に大事に食卓へ運ぶ。スープの小皿を取り、ふわっと上がる湯気に顔を近づけるのは至福の瞬間だった。ちりれんげでチャーハンの丸みを崩すときはさらにうれしかった。大村食堂のチャーハンは、ちりれんげをちょっと触れただけではらはらと崩れるのだ。ご飯のひと粒ひと粒がちゃんと自立して、独立独歩の人生を歩んでいる感じだ。口に入れても油っこさはぜんぜんなかった。なのに油の香ばしさはある。入っている量は少ないのに、ネギの香り、チャーシューの味、卵の甘い味もちゃんとある。

大村食堂のチャーハンにはこのほか、なるとの刻んだのが入っていた。なるとは飯粒と同じくらい細かく刻んであるのだが、紅白の色合いがちらちらして食欲をそそった。グリーンピースの緑となるとの紅白は、地味な見かけのチャーハンを派手に見せる大切な脇役だった。考えるに、こういうところがプロのテクニックなのだろう。

それにしても、大村食堂のチャーハンを食べると、その後一カ月ぐらいは祖母や母親の作ったチャーハンを食べる気がしなくなるのは困ったことだった。

「大村食堂みたいなチャーハン作ってよ」

私は文句を言った。すると父親は、「バカだな」と言って笑うのだ。

「おばあちゃんやお母さんに大村食堂みたいなチャーハンが作れたら、大村食堂が潰(つぶ)れちゃうよ」

「潰れてもいいから作ってよ」

「ますますバカだな、こいつは。大村食堂が潰れたら、大村食堂のチャーハンも食べられなくなるじゃないか」

父親に言われて、それもそうかと納得してしまう私は純真というよりトロい子供であったが、祖母はそれ以後ひと手間かけ、出来上がったチャーハンをいったん茶碗(ちゃわん)によそってフライ返しでギュッと押しつけてから、裏返しに皿に盛ってくれるようになった。

しかし、茶碗にぎゅう詰めにされたチャーハンはスプーンではらりと崩れるどころか、巨大な団子状に固まって、前より一層まずいのであった。

大村食堂には私の一歳年上のコーちゃんという息子がいた。コーちゃんは野球はヘタだしみんなを笑わせるのもヘタだったが、ただひとつ特技があった。門前の小僧何とやらで、チャーハンを炒めるのがやたらとうまかったのだ。

「なあ、チャーハン大会やろうぜ」

コーちゃんの家に遊びに行くと、コーちゃんはいつもそう言った。コーちゃんの家は店の二階にあった。店の脇にある鉄骨階段を上がるとドアがあって、中がすぐに台所になっていた。靴は外で脱いで持って入る。台所はすごく狭くて、小さい流しとガスコンロが一個あるだけだった。食べるものは店で作ってしまうから必要ないのだ。

「やろう、やろう」

コーちゃんの提案に、私たちは一も二もなく賛成する。するとコーちゃんは流しの下から炒め鍋を出し（わが家にあるのと同じ、ふつうの鉄のフライパンであった）、お櫃の蓋を開けて冷やご飯を人数分に分け、窓下のざるから卵を人数分取りのけた。そのあとはジャンケンで順番を決め、代わりばんこにチャーハンを作って、誰のがいちばん旨いかを比べっこするのである。

　何しろ材料がご飯と卵だけであるから、これ以上単純なチャーハンはないのであるが、コーちゃんはこの単純なチャーハンをじつに美味しく作った。フライパンに油を引いて、冷やご飯を入れて、炒めて、醤油、塩、胡椒で味を作り、最後に卵を入れる手順は我々と同じなのだが、鍋の扱いが我々とまるで違っていた。卵を割るのも左手でフライパンを持ちながら右手だけでひょいと割るのが、カッコよかった。

「コーちゃんさすがだよな」

「チャーハン作らせたら世界一かもな」

「『今日の料理』の陳建民よりうまいかもな」

　そんなわけだから、チャーハン大会で我々のやることは、いかにコーちゃんをおだててみんなの分を作らせるか、ということであった。コーちゃんがいい気持ちになって一人チャーハン大会になれば、コーちゃん以外の誰かが作ったまずいチャーハンを食べずに済んだからだ。繰り返すが、当時の子供たちには「まずいから食べない」という発想はなかった。まずくても食べる。旨ければ喜んで食べる。それだけの違いであった。

コーちゃんは大きくなったら食堂を継ぐとみんなが思っていたが予想は外れたようだ。ようだ、というのは、それからしばらくしてコーちゃんのお父さんが亡くなり、コーちゃん一家は大村食堂を畳んでどこかへ引っ越してしまったからである。ちょうどその頃、わが家も乾物屋を畳んで隣町で民芸品屋をはじめていた。私は高校生になっていた。

コーちゃんの記憶があるからか、私はチャーハンは家庭ではいくら頑張って作っても限界があると思っている。チャーハンは材料よりは腕の料理なのである。チャーハンが中国料理のスタンダードになれたのも、たぶん材料に寄りかからずに済む料理だからであろう。料理人の腕さえあれば、世界中どこへ行っても一定レベルのチャーハンを供せるからであろう。だからこそチャーハンは難しい。

――と書いていたら、何だか無性にコーちゃんの卵チャーハンが食べたくなってきた。幻だからこそ食べたくなってきた。

ラーメン　さりげなさが大事

日曜日、用事で新宿に出た帰りに中央線に乗ったら、車内で知り合いの編集者Sクンにばったり会った。

「あ、ねじめさんお久しぶり」

「こっちこそご無沙汰（ぶさた）。どう、奥さん元気？」

形だけではあるが、私はSクンの結婚式で仲人（なこうど）をやっている。奥さんのK子さんは結婚当時は現役の女子大生で、口の悪い来賓（らいひん）たちは、出版社勤務をエサに文学少女をたぶらかしただの、犯罪的行為だのと、やっかみ半分の祝辞を述べていたものだ。

「元気ですよ。子供産んでから太っちゃって太っちゃって、腕なんかこんななんですから」

Sクンが両手で輪っかを作った。K子さんの腕が本当にその太さにまで成長したのなら、夫婦喧嘩（げんか）をしてもSクンに勝ち目はなさそうであった。

「ところでSクン、家は松戸（まつど）だったよね。中央線に乗って、今日は仕事？」

「違いますよ。じつは西荻窪（にしおぎくぼ）にラーメンの名店Aが支店を出したので、食べに行くんですよ」

　そうだった。Sクンは大のラーメン好きで、独身時代三食ラーメン、おやつもラーメンというと生活を二年続け、塩分の摂（と）りすぎで入院したこともあった。

「あれ？　Aってけっこうあちこちに支店あるよ」

「それが西荻窪は特別だっていう話なんですよ。新味一号店という触れ込みで、麺（めん）もスープも今までとは違うらしいんです」

　豚骨ラーメンのスープに浮く脂のごとく、Sクンの目がぎらりと輝く。結婚後は愛する妻のためにラーメンを控えていると聞いたが、生来のラーメン好きは愛妻ごときでは修正不能のようだ。

「友達が西荻に住んでるんですが、そいつが言うには、Aは西荻店にかなり本気なんだそうです。店の改装に二カ月近くかけた上に、改装が済んでもすぐにオープンしないで、一週間ぐらいかけてスープの準備をしてたそうです」

　それを聞いて私はちょっと驚いた。商売というのは店を開けてナンボである。店を閉めていれば売上は一円もなく、しかも出て行くもの（家賃、税金、ローン、などなど）はちゃんと出て行く。店が開けられる状態になったのに開けないとは、何とまあ太っ腹なことか。

「ねじめさん、どうです。一緒に食いに行きませんか」

「有名店の新装開店なら並ぶだろ。俺、行列苦手なんだよ」

　しゃべっているうちに荻窪に着いた。中央線は土日は新宿、中野、荻窪、吉祥寺と止まって、途中駅はすっ飛ばしてしまう。ひと駅手前の阿佐ヶ谷で降りる私も、ひと駅先の西荻窪で降りるSクンも、ここ荻窪で各駅停車に乗り換えることになる。

　ホームでSクンと別れた。とたんにラーメンが食いたくなってきたのは、荻窪がラーメンのメッカだからだ。中でも青梅街道沿いの「春木屋」は高校時代から大の贔屓であった。私の通った高校は下校途中に飲食店に入るのは禁止だったが、クラブ活動のある日は、とてもじゃないが空きっ腹を家まで我慢できない。そんなときは春木屋だった。

高校の帰りに毎日毎日飽きずに食べた。

　春木屋のラーメンはよその店より少し高かった。しかもライスを置いてないので、空きっ腹は六分目ぐらいにしかふくれない。それでも春木屋以外に行く気はしなかった。一度食べたらやめられない味であった。クラスメイトの中には、春木屋は高くて、しかも腹いっぱいにならないからイヤだとか文句を付けて行きたがらない連中もいたが、そういう連中はたいていたい小遣いが足りないのであった。その点、私は恵まれていた。わが家は商売をやっていたので、いつも小銭は持っていた。店の奥の個室みたいな部屋に入って、そこで我々はラーメンを一気に食べたのであった。

　春木屋は、今ではたいへんな有名店である。ラーメンの名店ひしめく荻窪の中でも名店中の名店「丸福（まるふく）」と一、二を争う名店中の名店として、全国にその名をとどろかせている。昼時、夕方には行列もある。しかし夕方は少し早い時間帯に行くと、案外すんなり座ることができる。

　久々に食べた春木屋のラーメンは旨かった。麺の茹で加減も、スープの味も、シナチクとチャーシューのボリュームも、「これしかない」というバランスで成立していて、しかも最後までスープが冷めない。この、スープが冷めないというのが大事なのだ。脂を浮かせたこってりしたスープは冷めにくいが、春木屋のようにシンプルな醤油味でスープが最後までアツアツというのは本当に少ない。

　それにつけてもラーメンは厳しい食べ物である。出来たてのラーメンが目の前に出され、一口、二口食べて美味しいなあと思っても、三口目でとたんに味が落ち、あまりの落差に自分でも驚くことがある。あれほど旨いと思っていた私はいったい何なんだと思うほど味が違う。スープを除けば基本的に単純な食べ物だからかえって難しいのだろうが、しかし、「たかがラーメン」という気持ちも私の中にたしかにある。たかがラーメンだから行列までして食べるのはまっぴらだし、ラーメンがいくら旨くてもエバる店主、ラーメン求道者面した店主、自意識過剰な店主、野心丸出しの店主の店には行きたくないし、ラーメンのくせして値段が高い店もイヤである。

　春木屋のラーメンは、私にとってはこれがギリギリ許せる値段だ。ラーメン屋の品書きに一〇〇〇円台がずらずら並んでいるのは、いい原料を使っているからといわれても、何か違う、本質から外れていると思えてしまう。

そうなのだ。ラーメンというのは、じつは本質が非常に大事な食べ物なのだ。旨い、マズイより、そのラーメンは本質をついているか本質から外れているかが問われる食べ物なのだ。

何年か前、仕事で江ノ電の稲村ヶ崎に行った。

昔ながらの小さな駅の近くに食堂を兼ねたラーメン屋「偕楽」があって、さりげなく入ってみたら、さりげない雰囲気にさりげないおばちゃんがいて、さりげなくラーメンが出てきて、こちらもさりげなく食べたらさりげなく美味しかった。こんな場所の、こんな店構えのラーメンがこんな美味しいはずはないのだが、現実にあるのだ。ラーメンと付き合ってきた人間にとって、こういう店に巡り会えることほどうれしいことはない。

ラーメンの本質はふつうさである。当たり前さである。さりげなさである。電車に乗ってわざわざ食べに行くほどのこともなく、思い立ったらひょいとのれんをくぐって、旨いなあと思って食べて、食べ終わったらポケットから一〇〇円玉をごそごそ探して支払いを済ませる。そうなると、理想は「近所のラーメン屋」ということになる。

稲村ヶ崎の偕楽は、まさしく近所のラーメン屋であった。観光客はまず入らないだろうと思われる少し奥まった入口、やや薄暗い店内、奥の調理場にいて声だけしか聞こえない店主、白い上っ張りのおばちゃん、電話帳の横に積み上げたマンガと新聞、通販番組をやっている古い小さなテレビ、旨いラーメン。

　私の子供時代は、いやいや今でも、こういう店がどの町にも一軒はあるはずである。子供はその店で人生最初のラーメンを食べる。そしてその店の味が、彼のラーメン人生のメートル原器になる。

　私にとってその店は春木屋ではなく、高円寺の映画館前にある「幸喜軒（こうきけん）」であった。幸喜軒の奥さんと私の母親は仲が良くて、煮干しも調味料もうちの乾物屋から買ってくれていた。物心ついたときには幸喜軒のラーメンを食べていた。

　悪いことをして父親に怒鳴られ、何が悪いのかわからずにきょとんとしているとゲンコツが飛んできて、殴られてはじめて自分のした悪いことに気づいておんおん泣いて謝り、そのあとは長い長い説教があって、それが済むと父親は「ラーメン食いに行くか」と言う。

　私は泣いて目が真っ赤に腫（は）れているが、うれしくて「うん」と返事する。おんおんと体全体で泣くと、スポーツをやったみたいにエネルギーを使うのでお腹（なか）がぺこぺこになっているのだ。父親と向かい合って食べるラーメンは旨かった。長い説教で腹ペコだったが、父親の食べるスピードに合わせて食べた。幸喜軒のラーメンは煮干しと鶏ガラダシのスープと、薄めで味の濃いチャーシューと、シナチクとなるとの、ふつうのラーメンであった。ふつうで、丁寧なラーメンであった。そういうふつうのラーメンを食べさせてくれた今はなき幸喜軒に、私は深く深く感謝しているのである。

※荻窪の名店丸福は残念ながら閉店してしまった。

カレーライス　ザ・国民的日本食

池田文痴菴編著『日本洋菓子史』（日本洋菓子協会／昭和三五年）によれば、日本のレストランにはじめてカレーライスが登場したのは明治一九年（一八八六）だそうだが、それから一二〇年を経た現在、カレーは押しも押されもしない日本の国民食となった。

私は六〇年以上生きてきたが、カレーが嫌いだという人に会ったことがない。鰻は嫌い、生魚が苦手で寿司はカッパ巻きしか食べられない、天ぷらは胃にもたれてどうも、という人はいたけれど、「カレーだけは勘弁してくださいよ」「カレー食べるくらいなら椅子の脚でも齧ったほうがマシですよ」という人には未だかつてお目にかかったことがない。逆にカレーが大好き、一日三食全部カレーでもいい、カレーのことならオレに聞け、ほかのものはカミサン任せだがカレーだけは作る、東京の主だったカレー屋はすべて制覇した、カレー好きが高じてインドへ香辛料の買い出しに行った……などなど、カレーと聞くと目の色を変え、口角泡（こうかくあわ）を飛ばして論じるカレーマニアはじつに多い。かくいう私もカレーは大大大好きだ。とくに二年前、近所に美味しいカレー屋ができてからというもの、カレーを食べる回数がぐんと増えた。

私のような仕事をしていると、食事がどうしても不規則になる。朝昼晩の三食のけじめがどんどんいい加減になってきて、朝昼兼用だったり、深夜にどっさり食べたりと行き当たりバッタリだ。こういうメリハリのない食生活をしていると胃によくないのであるが、不思議なことに胃の調子がもうひとつというときに無性にカレーが食べたくなる。頭では（今カレーなんか食べたら胃がもたれるぞ）と思っても、舌と身体は（カレーが食べたい、カレーが食べたい）とダダをこね、気がつくと近所のカレー屋のテーブルに座っている。

この近所のカレー屋はインド人のご主人が経営する本場カレーの店である。本場カレーといっても店によっていろいろだが、ここのカレーはココナッツミルクがたっぷりめに入ったカレーで私の口に合う。とくに海老（えび）カレーと野菜カレーが気に入っている。海老カレーはあまり辛くなくて、ココナッツミルクにカレーのスパイスを入れましたという感じでコクがあり、海老のダシもよく効いている。野菜カレーのほうはサラサラしていて、辛さの中にもそれぞれの野菜の味がちゃんと残っていて、眠気が残って何となくだるいというときにピッタリの味だ。

このカレーをナンかサフランライスにつけて食べるわけだが、私は胃が元気のときはナン、もうひとつのときはサフランライスを頼むことにしている。おそらく外国米を使っているのだろうが、サフランライスはふわっと軽くて胃にやさしい。ふつうのご飯のように腹にたまるということがない。軽くやさしいサフランライスに野菜カレーをまぶして食べていると、適度な刺激に疲れた胃壁がリフレッシュされるようで、医食同源とはまさしくこのことではないかと思えてくるほどである。中央線沿線ではここ数年カレーブームで、どの駅を降りても二軒や三軒は美味しい本場カレーの店があるご時世だが、なぜかご飯の美味しい店が少ない、というのが私の実感だ。

そんな中で私の家の近所のインドカレー屋「ＫＵＭＡＲＩ（クマリ）」のサフランライスはじつに貴重であるし、店の雰囲気も気に入っている。レジ脇のガラスケースにインドの民芸品を並べて売っていたり、店の隅に段ボールの箱が寄せてあったり、メニューが写真入りの手作り風だったり、どことなく雑然としているのが妙に落ち着くのだ。奥の厨房から聞こえてくるご主人のヒンズー語の鼻歌もいい。愛想のいい娘さんたちが片言の日本語でオーダーを復唱するのもいい。家族経営で力を合わせてお客さんに喜んでもらい、自分たちの生活もよくしていこうというパワーが感じられて、こちら側まで元気になる。

こういう店だから地元でも人気で、たちまちのうちにもう一軒店を出した。新しい店も近くにあって、店の雰囲気のほうもなかなかだと評判である。

とはいうものの、このインドカレー屋のような本格カレーは、本格的過ぎて日本の国民食とは呼べない。もしかしたら日本人の口に合うように少しアレンジされているのかもしれないけれど、それでもやっぱりアレンジの度が足りない。いやいや、日本の国民食としてのカレーは、本格カレーとは似て非なる「カレーライス」というものであって、このカレーライスこそが日本の国民食、もとい国民的日本食として、今や世界に受け入れられたというわけである。

これはけっして大げさな話ではない。私の若い友人Kクンはミラノで数年間デザインの勉強をした男であるが、留学中、日本式カレーライスを作ってルームメイトのスペイン人に食べさせたことがあるそうだ。そのときのルームメイトの反応たるやすごかった。

「美味しい、なんてもんじゃないんです。もう感動感動の嵐なんですから」

　Ｋクンは苦笑いして言ったものだ。

「そのルームメイトは味噌と醤油が苦手らしくて、僕の作る日本食を臭い臭いと言うんですよ。味噌汁なんか作ると台所から逃げ出したくらいで。お前ら日本人はいつもそんな臭いものを食べているのか、なんて失礼なことを言うんで、頭にきて日本式カレーライスをこしらえたんです」

「へえ。カレールウがよくあったね」

「ミラノには日本食品を置いてあるスーパーがあるんですよ。値段は高いですけどね。日本のカレールウも高くて貧乏学生にはつらかったけど、ここで一発かませておかないと日本男児の名がすたると思ったんですよ」

　Ｋクンはなけなしの小遣いをはたいてハウスのバーモントカレーとジャワカレーを一個ずつ買い、市場の肉屋で豚肉を買って日本式カレーを作った。変圧器を嚙ませた電気釜でイタヒカリ（イタリアで生産されているコシヒカリをこう呼ぶそうである）を炊き、冷蔵庫に大事に大事にしまってあった福神漬けとらっきょうを添えてルームメイトに食べさせた。

「そいつったら、三回お代わりしましたよ」

Ｋクンが思い出し笑いをした。

「で、言ってやったんです。お前は日本人は臭いものばっかり食べるといってバカにしてたじゃないかって。謝ったらお代わりをさせてやるって」

「謝ったんだ」

「謝りましたね。頭を下げる代わりに両手を広げて、僕の肩をたたいてね」

そうそう、とＫクンが付け加えた。ルームメイトは薬味のらっきょうはぱくぱく食べたが、福神漬けは口に入れたとたん顔をしかめてトイレに駆け込んでしまったそうである。カレーライスと手を携(たずさ)えて歩んできた福神漬けを受け入れてもらえなかったのは残念だが、しかし、日本独自の発酵食品に対して抵抗と偏見を持つ外国人に、日本食の奥の深さを知らしめたカレーライスの功績は大である。

思えばカレーライスは、我々の曾祖父(ひいじい)さん世代が工夫に工夫を重ねてこしらえ上げた料理なのだ。インド生まれの黄色くて辛い野菜汁を、もっちりむっちりの国産うるち米ご飯にピッタリ合わせるため、「ウドン粉や片栗粉でとろみをつける」という逆転の一発で乗り越えた、日本のお家芸ともいえる換骨奪胎技術の賜物なのだ。

そのカレーライスはＫクンもミラノで利用した固形カレールウの登場により、これ以上ないと思えるほどの完成度の高さで我々の食卓の常連となった。

私が調べたところでは、固形のカレールウができたのは意外に新しく、昭和二九年（一九五四）のことだそうである。冒頭に書いたとおり、日本ではじめてレストランでカレーが出されたのが明治一九年（一八八六）といわれているので、固形カレールウ誕生にはそれから六八年かかったことになる。製造はＳ＆Ｂである。Ｓ＆Ｂといえばあの真っ赤なカレー粉缶がすぐに思い浮かぶ。スーパーの固形カレールウの棚は今や百花繚乱の賑わいだが、そう思ってみるとＳ＆Ｂのディナーカレーやゴールデンカレーの少し地味なパッケージが神々しくさえ見えてくる。

「だけどルウを溶かしただけじゃおいしくないのよ」

と言うのはうちのオクサンである。隠し味が大切なのだ、と言うのである。究極の完成度ともいえる固形カレールウであるが、味にうるさい日本人はさらなる深みをもとめてカレーにさまざまなものを投入してきた。わが家の場合、その隠し味はチョコレートである。仕上げに板チョコを二片か三片放り込んでよくかき回す。これでカレーのコクがぐっと増すというのである。

周囲に聞いてみたところ、いや、わが家はインスタントコーヒーだというお宅もある。ウースターソース、醤油、マヨネーズはまだわかるが、味噌、黒酢、バナナ、ラーメンスープ（麺のパックを買うと入っている小袋のやつ）などなど、みんなじつにいろんなものを入れている。中には「うちでは犬にやるビーフジャーキーを粉末にして入れてるよ」という家もあって驚かされた。人間用ではダメなのかと聞いたら、犬用のほうが味がシンプルで美味しかったとのこと。大事なおやつを横取りされて恨めしそうな犬の顔が浮かんで思わず笑ってしまったが、さて、皆様のお宅ではカレーにどんな隠し味を入れておられるだろうか。

お餅　わくわく年末、うきうき正月

大規模スーパーのなかった昭和三〇年代、師走（しわす）の商店街はまさにお祭り騒ぎであった。一二月の声を聞くと商店街にお客がとつぜん増える。わさわさ、わさわさ湧いてくるといった感じで増えて通りがざわついてくる。その数ときたら、この町にこんなにたくさん人が住んでいたのかと驚くくらいだ。小学生の私はこのざわつきが好きだった。気分がふわふわふわして、足が地に着かない感じで気持ちよかった。こういうお祭り気分が毎日続けばいいのにと思った。

その思いの何割かは、——いや、おそらく大部分は、わが家が乾物屋だったことに由来している。わが家は店構えも売っている品物も商店街一地味な店だった。客も奥さん、おかみさんばかりで、若い客が少なかった。ハイヒールで颯爽（さっそう）と歩くＢＧ（働く未婚女性のことを当時はＯＬといわずにＢＧといった）は朝は店の前を通り過ぎるだけ、通勤帰りもうちの店を覗こうとはしなかったし、花嫁修業中のお嬢さんも乾物屋には用事がないようであった。それがどうだ。一二月の声を聞くと、乾物屋はとたんに商店街一人気の店になる。客でごった返す店先には、ふだんはこない若い女性客も交じっている。

お客さんは皆、おせち料理の材料を買いにくるのであった。数の子、高野豆腐、椎茸、ごまめ、黒豆やきんとん用の白花豆、うぐいす豆、こぶ巻き用のかんぴょう、罌粟の実にくちなし、煮物用のざらめや赤砂糖、だし昆布と削り節……などなどが、毎日ばんばん売れた。飛ぶように売れた。売っても売っても売れた。乾物屋がなかったらおせち料理は作れない。早く買っても腐るものではないし、後回しにして品切れになったらたいへんだから、みんな最初に乾物を買うのだ。

そうやって、あっという間に大晦日がくる。大晦日も店は大忙しである。母親はおせちの客の相手にてんてこ舞いで、とても自分の家のおせちを作るヒマはなかった。かわりにばあさんが台所から店先まで青い長いガス管を引っ張ってガスコンロを置き、そこで正月の煮物をこしらえながら店を手伝っていた。「正一、ガス管に気をつけなよ」「ガス管を蹴飛ばすんじゃないよ」私の顔を見るとばあさんは言った。あんまりうるさいので、私はガスコンロが店に出張ってくると、便所に行くときも土間を通らないようにした。

　客足が途絶えるのは日が暮れて、紅白歌合戦がはじまる頃合いである。その合間にひと息入れて夕食をかっ込み、年賀の準備に入る。店先に並んだおせち材料を脇へどけて赤い毛氈（もうせん）を敷き、のし紙をつけた海苔（のり）を積み上げるのである。年賀の海苔は一帖（じょう）と相場が決まっていた。ちょうど畳んだ手拭（てぬぐ）いと同じ大きさだ。そういえば手拭いも年賀に使う。年賀というのはあのくらいの大きさ、あのくらいの軽さがぴったりなのだろう。

　そうこうしているうちに紅白が終わる。人通りがまた増える。客もくる。この時間になってもまだ買い忘れたものがあるのだ。この時間に売れる品物は、調味料のほかはきな粉が多かった。昭和三〇年代の前半はまだシャッターの店は少なくて、たいていはトタンの雨戸を立て回していた。除夜の鐘が鳴りはじめると、商店街のあるじたちはこのトタンの雨戸を横に寝かしてタワシできれいに洗った。雨戸を洗い終えてようやく一年が終わるのであった。

　といっても六時間後の元旦朝七時には、昨夜洗った雨戸を半分だけ開け、赤毛氈を敷

いた品台を店の前に出して、もう商売をしている。こんな早い時間にも初詣帰りの客がけっこうあって、

「朝飯前とはこのことだね」

と、ばあさんはくたびれた顔で雑煮用の餅をひっくり返しながらそんなことを言った。暮れから息つく暇もなく商売を続けて、正月の大人たちはへとへとであった。七草過ぎたらゆっくりできるからと、おまじないのように言いながら疲れた身体で店番をしていた。

もっとも、子供の私は正月大歓迎である。暮れから続くうきうき気分はお年玉をもらって倍増だし、何よりも好きなだけ餅が食べられることがうれしくてたまらない。今もそうだが、私は餅が大好物なのだ。餅なら三食毎日食べてもぜんぜん飽きないのだ。元旦から毎日餅を食べ続けるので、三学期がはじまる頃には体重が二、三キロ増えて顔が丸くなっていた。

正月に食べるのはのし餅である。一二月に入ると、商店街の米屋や和菓子屋の店頭に「ちん餅承ります」と筆文字で書かれたポスターが張り出される。「ます」が升を

表す〼で書かれていたりするのも、いかにもおめでたい感じである。私たち悪ガキはこの「ちん餅」に敏感に反応して、和菓子屋の息子Sをからかった。Sは顔を真っ赤にして怒り、「ちん餅」のちんはあのちんではなく賃金の「賃」なのだ、賃餅とは糯米（もちごめ）を預かって手間賃をもらって搗（つ）く餅のことなのだ、と親から聞いた説明を力説するのだが、悪ガキどもはそんな話を聞く耳は持たず、

「ちんちん、ちん餅、ちんちん餅」

などと、両手で妙なところを押さえながらSを取り巻いて囃（はや）し立てたりしたものだ。わが家では、のし餅は米屋に頼んでいた。暮れも押しつまった二七、八日になると、真っ白い取り粉にまみれたのし餅が配達されてくる。二九日には絶対こないのは、「九日餅は苦につながる」とばあさんが嫌がるからである。配達されたばかりののし餅はまだ柔らかくて指で押すとかすかにあとがついた。指のあとが時間とともに元通りに平らになるのも豊かな感じであった。

　柔らかい餅は包丁にくっついて切れないので半日ほど置く。夕方きた餅は翌朝あたりが切り頃である。新聞紙に載せたのし餅をばあさんが縁側で切る。菜切り包丁で切る。

包丁に餅のもちもちがくっついてすぐに切れなくなるから、濡れ布巾をそばに置いて切る。私はおこぼれに預かろうと、ばあさんのそばにへばりついて待っている。

「ねえ、一個いいでしょ」

「ダメダメ。正月まで待ちなって」

「こんなにいっぱいあるじゃないか。一個か二個ぐらい食べたって減らないよ」

「正ちゃんは何を言ってるんだか。一個だって食べたら減るよ。学校で引き算を習わなかったのかい」

ばあさんが笑う。私をじらしているのである。二枚ののし餅を切るのは力仕事だった。本当は父親がやったほうがいいのだが、父親に頼むと後回しにしてしまい、餅が固くなりすぎて切れなくなるおそれがあった。ばあさんは全部を切り終えると、三切れか四切れをその半分と四半分に小さく切って重ねた。いわば四角い鏡餅だ。この鏡餅を台所と井戸、その他火と水のあるところにお供えする。その切った余りがおこぼれで私の口に入るのである。

「ちゃんと神様を拝んでから食べるんだよ」

小さな小さなその餅を、ばあさんは練炭火鉢（れんたんひばち）から煮物の鍋をよっこらしょとどけて、かわりに網を載せて焼いてくれた。

「お父さんに見つかると怒られるから、早く食べちゃいなよ」

親指と人差し指で作った丸ぐらいの大きさの餅だから、甘醤油（あまじょうゆ）をつけて食べたらひと口だ。そのひと口が天にも昇る心地であった。あと三日したら誰はばかることなく好きなだけ食べられるのだと思うと、童謡の「もういくつ寝るとお正月」気分そのままに待ち遠しかった。

今、餅はスーパーに行けばパック入りを一年中売っている。正月まで食べるべからず、などとうるさいことを言う人間もいなければ、汗びっしょりで切る苦労もしなくて済む。餅好きの私にとっては天国のような時代である。餅の旨いまずいはもちろんあるのだが、とりあえず餅なら食える、というのが私であって、餅に関しては点がどんどん甘くなってしまう。

じつは、こうやってパソコンに向かって原稿を書いている今も、仕事場の冷蔵庫の上のオーブントースターでパック餅を焼いている。打ち合わせのついでに寄ったデパートの食品売り場で買ってきたやつである。最近は網がよくなったので、トースターでもあんがいうまく焼ける。ぷうっとふくれた餅はふくらみ部分がつるつるピカピカしてくる。そいつをじゅっと甘醤油につけ、網に戻して二度焼きする。甘醤油の焦げるカラメル質の匂いがたまらない。アツアツを頬張るとぐーっと伸びて、米の甘い味もして、ふむ、パック餅といえどもあなどれんぞ、と感動する。私は餅が大好きである。健康診断で糖分を摂りすぎないよう注意されているのだが、餅を禁止されたら、酒飲みが酒を禁止されたのと同じぐらいつらいと思う。そうならないように、食べ終えたら――いやいやこの原稿を書き終えたら、腹ごなしに駅前のトレーニングジムで水泳してくるつもりである。

おしるこ　先生と懐中じるこ

私の家は乾物屋だったので小豆を売っていた。乾豆や雑穀類を売るのはもっぱらばあさんの役割であった。小豆の客がくると、ばあさんは小豆の箱の中から一合升で豆を掬（すく）い、すり切り棒でシャッと真っ平らにしたあと、ひとつまみオマケを足して袋に入れ、「毎度ありがとう」とお客さんに渡した。

このひとつまみがお客さんには大切だ。ばあさんのひとつまみの手際のよさは父親でもダメだったし、母親でもダメだった。父親がやると「たったひとつまみ」といったケチ臭い感じになるし、母親はひとつまみつまむときに「これだと多めかしら、少ないかしら。これくらいでいいかしら」と逡巡（しゅんじゅん）が見え、その分有り難味が減ってしまう。ひとつまみは呼吸であり、この呼吸ではばあさんの右に出る者はいなかった。

その頃は、ちょうど小豆相場の仕手戦を描いた梶山季之（かじやまとしゆき）氏の『赤いダイヤ』という小説が大ブームであった。小豆は投機の対象で、大儲けした人もいっぱいいたらしいが、下町の商人にはそんなことはあまり関係なく、問屋から取った小豆を売り捌くだけで精いっぱいであった。

安く仕入れれば安く売り、高くなれば高く売る。お客さんも、

「あら、今日は安いからもう一合よけいにもらおうかしら」

「あら高くなっちゃったの。やあねえ」

といった感じであった。嗜好品の余裕というか、高ければ量を減らすか買わなければいいのだ。ばあさんも「すみませんねえ、今日は高くて」とか何とか言いながら、相変わらず一合升とすり切り棒でシャッと量っていた。乾物屋にはもうひとつ「黄色いダイヤ」というのもあって、こちらは干し数の子のことなのだが、赤いダイヤは高いといっても黄色いダイヤほど値が張るわけではなかった。

ばあさんが気にしていたのは仕入れ値よりも虫である。小豆は問屋先から俵で届くのだが、その俵の小豆に虫がついていることがある。売る前に気づけばまだいいが、運悪く売ってしまって、お客さんから「虫がついてたわよ」と苦情を言われてわかることも

あった。そうなると信用問題だ。ばあさんはすぐに問屋を呼び出して、「あんたのとこはどんな小豆を仕入れているの」とさんざん文句を垂れた。虫がいる俵はもちろん引き取らせる。小豆は値段が高いので、慎重の上にも慎重になるのであった。

　わが家では売るだけでなく、小豆を煮ておしるこを作るのもばあさんの係であった。小豆を洗って、ひと晩水につけて、ガスを使うのがもったいないので練炭火鉢にかける。煮えて泡が立ってきたら掬って、砂糖を入れて、また泡を掬って、最後に塩をひとつまみ入れる。ばあさんは、おしるこのことは私に任せておきなさいという顔つきであった。匂いに惹（ひ）かれて私がそばに寄ると「触るんじゃないよ」とムッとした顔で言った。もちろん母親はわかっているから、最初からそばに寄らない。

　おしるこは練炭で煮るのであるから、当然ながら食べるのは冬だけである。中でも正月の鏡開（かがみびら）きに食べるおしるこは格別であった。おしるこの中に鏡餅（もち）が入るからだ。

　暮れの二八日から二週間ほど飾り続けた鏡餅は、干涸（ひから）びて表面がひび割れている。重なった部分は白だの緑色だののカビが生えており、とくに白カビは中へ食い込んだようになっている。鏡餅を下げたら、まずこのカビを小刀で削る。食い込んだところは小刀の先でほじってきれいにしたところで木槌で割る。これがまた固いのだ。叩いても叩いても割れないのだ。それでも叩いて叩いて、やっとこ割れたらさらに食べやすい大きさに割って、割れたのを水につけてふやかす（粉々に砕けたのは別に集めて、油で揚げておかきにする）。小さいのほど先にふやけるから、そいつを掬っておしるこの鍋に入れる。しばらく煮ると餅はやわらかくなって、外側が溶けかかってずるずるどろどろになって、それがおしること一体化して旨いのだ。

私はばあさんと並んで、旨い、旨いと鏡餅のおしるこを食べた。母親に「食べ過ぎるとおできができるから、いい加減にしておきなさい」と言われても止められなかった。甘い小豆ととろける餅の、渾然一体となった感じがたまらなかった。

父親も母親も鏡餅のおしるこは嫌いなのであった。父親など、私がずるずる餅のおしるこを食べていると「そんな気味の悪いものがよく食えるな」と言って、本当に気味悪そうな目でこちらを見る。おしるこに入れる餅は焼いてうっすら焦げ目がついているのに限る、というのが父親の持論であった。だが私は、おしるこのとろみと焼き餅のカリッとした歯ごたえは合わないと思っていたし、せっかくトロトロと甘いのに餅の焦げ味に邪魔されるのはイヤだと思っていた。

私のその嗜好は、懐中じるこという食べ物によって覆（くつがえ）されることになる。

この世に懐中じるこという食べ物があることを知ったのは、私が三〇になった頃であった。当時の私はすでに詩を書いていて、自分の詩が詩の雑誌に載るようになったところだった。ところが、活字になった自分の詩を見てみると、言葉がやわで、ふにゃふにゃして、どうしようもないものに思えてきたのだ。

こんな詩を書いていてはダメだ。そう思った私は、詩人の鈴木志郎康（すずきしろうやす）さんが講師をしておられる詩の教室に通うことにした。つまりは押しかけ弟子である。月謝を払えば追い返せないのをいいことに、私は鈴木志郎康さんにひっつき、へばりついたのである。

授業がある夜は、東中野にある教室までねじめ民芸店のライトバンに乗って行った。授業が終わると先生の鈴木さんをライトバンに乗せて、代々木上原（よよぎうえはら）にあるご自宅まで送った。そうやって送るのがいつのまにか当たり前になっていた。鈴木さんは詩には厳しいが人柄はやさしくて、私がライトバンで自宅に送って行くたびに「ちょっと寄って行きませんか」と家に上げてくれた。しかも私の甘党をいつのまにか見抜いて、懐中じるこを出してくれて、マンガや映画や詩の話をしてくれるのだ。楽しさに夢中になってハッと時計を見ると、夜中の一二時を回っていた、なんてこともしょっちゅうであった。

懐中じるこを初めて出していただいたとき、私は最中（もなか）だと思った。持ち上げてみるとやけに軽いので驚いた。「これ何ですか」と尋ねると、鈴木さんは「懐中じるこだよ」と言って、太い指で袋からもさもさと出して、器に入れて、お湯を注いで作ってくれた。さらさらしてちょっと頼りない感じもしたのだが、食べてみるとあっさりしていて美味しい。

　とくに最中の皮の部分がいい感じなのだ。あっさり上品な甘みに、皮のぱりっとした香ばしい感じがアクセントになっている。こういうのもありだな、と私は思った。ありだなどころか大ありであった。詩の教室で詩を教えてもらうのもうれしかったが、鈴木さんを自宅に送るのがもっと楽しみになってきた。鈴木さんを独り占めできて、私のレベルの低い質問にもちゃんと答えてくれて、しかも懐中じるこのご馳走（ちそう）付きなのである！

　そうやって毎週詩の教室に通い、鈴木さんを家まで送って懐中じるこをご馳走になるのが当たり前だと思っていたある日のことである。いつものように鈴木さんを自宅まで送って、懐中じるこを食べ終わると、「もう、私のところに通わないで自分でやりなさい。卒業したほうがいいよ」

と鈴木さんに言われた。

ショックであった。懐中じるこではない、鈴木さんとの時間がなくなるのがショックであった。だが、鈴木さんの言葉が私のためを思ってであることはよくわかった。私は独り立ちして詩を書かなければいけない時期にきていたのだ。淋しかったが、それだけ詩の実力がついたのだと自分で自分を納得させて、鈴木さんの詩の教室をやめた。自分の力でコツコツと詩を書くことにしたのだ。

それ以来、懐中じることはお別れになってしまった。ときどき無性に懐かしくなったが、買って食べる気持ちにはなれなかった。私の中では、懐中じるこの味は鈴木さんの家で過ごした濃密な時間とセットになっていた。

それからさらに何年か経ち、『高円寺純情商店街』という小説で直木賞を頂いたとき、鈴木志郎康さんからお祝いが届いた。開けてみると、毎週ご馳走になっていたあの懐中じるこのセットであった。私は泣かない男であるが、あのときは涙が出てきた。送り狼弟子となって毎週鈴木さんの家に押しかけた日々が懐かしく、ただただありがたかった。

　私にとって、詩の先生と呼べるのは鈴木志郎康さんただ一人である。一緒に懐中じるこをすすりたい人も鈴木志郎康さんただ一人である。

第二章　思い出の味

牛乳　贅沢な栄養水

もう二週間も風邪を引いている。鼻がグズグズして、夕方と明け方の二回身体がポッポと火照(ほて)って汗が出て、そのあと寒気がする。今年の風邪はなかなか抜けない。丸一日外へ出ないでじっとしていれば治るのだが、それができないのが困ったものだ。

こういうときはホットミルクである。ホットミルクは風邪に効く。熱いホットミルクをフウフウしながら飲むと、カップに浮いた薄皮が唇に張りついたりして、それがいかにも「タンパク質が張りついてる」感がして、歯でこそげて舌に載せて飲み下すと牛乳の栄養そのものを飲み下した気分になって、この栄養が胃腸から吸収されれば必ず風邪は治ってくれるという気がしてくる。そうこうしているうちにホットミルクがだんだんぬるくなってくる。ある温度になると甘みが急に強く感じられて、その温度からさらに下がるとちょっとえぐい味がして、このえぐさはカルシウムの味かなあ……などと考えているうちに、カップになみなみとあったホットミルクはすべて胃の腑に納まり、身体ぜんたいがぽかぽかしてくるというあんばいだ。

無精者かつ不器用な私も、電子レンジのおかげで牛乳を温めることぐらいはできる。考えてみれば、電子レンジがわが家にくる前はホットミルクはオクサンにしか作れなかった。私がやると必ず噴きこぼして、あとがたいへんなことになるからだ。

この件ではオクサンとよく喧嘩をした。オクサンは牛乳を噴きこぼすのはアナタが悪い、アナタがお鍋を注意して見ていないからだと責めるが、私が牛乳を温めるのは風邪を引いてボーっとしているときであって、そういうときは注意力散漫もやむを得ない。

「そんなに怒るなら、俺がホットミルクを飲みたいときにちゃんと家にいて作ってくれよ」

「何それ。いい年をして赤ん坊みたいなこと言わないでよ」

「赤ん坊がこんなにちゃんとしゃべれるかよ。赤ん坊はブーブーとかアーアーとか言うだけじゃないかよ」

「そんなの屁理屈よ。話をそらさないでよ」

「話をそらしてるのはそっちじゃないかよ。俺は病気なんだぞ！　病人を苛めてそんなに楽しいかよ！」

こうして戦いはつねに私の勝利に終わるのだった。……が、しかし、こんな戦いなぞないほうがいいのであって、電子レンジはわが家のホットミルク問題に終止符を打ってくれた最高のお買い物なのである。

子供の頃、私の家の近所には牛乳屋が二軒あった。明治牛乳と森永ホモ牛乳だ。当時のテレビCMで子供に人気があったのは、圧倒的に森永ホモ牛乳のほうだ。太陽の中に子供の顔を入れたキャラクターがかわいくて親しみが持てた。テレビを見た子供が今すぐホモ牛乳を飲みたくなって、「お母さん、ホモ牛乳とってよ」とねだってしまうようなCMであった。朝牛乳が届けられる牛乳箱もホモ牛乳のほうがすてきだった。黄色で、目立って、牛乳も美味しそうに見えた。明治のほうはパッとしない青色の箱で地味だった。

私はホモ牛乳の魅力に引っかかって「ホモ牛乳とって、とって」と母親に頼んだのだが、母親は今とっている明治牛乳を頑固に替えようとしないのだ。しかも私のクラスメイトのＡ君は森永ホモ牛乳の販売店の息子で私とは親友なのに、どうしてもダメだと言う。

母親はなぜか昔から牛乳は明治がいいというイメージを持っていた。おまけに母親と明治牛乳販売店のオクサンとは同じ商店会で、ときどき一緒に映画を見に行ったりする仲であった。こうなると勝ち目はない。母親同士の付き合いのほうが大事だから、子供の私の願いなど入る隙間がなかったのだ。

これにはけっこう傷ついた。Ａ君がわが家へ遊びにきて玄関脇の明治牛乳の箱を見られるのはつらかったし、私がＡ君の家に遊びに行っても、うちはホモ牛乳じゃなくて明治牛乳だというのが頭にこびりついて、申し訳ない気持ちを消すことができなかった。

それにしても牛乳屋の息子は明治も森永も体格がよかった。ホモ牛乳のおふくろさんも色白の美人で、肌がつやつやしていて、若いときに女優をやっていたという噂が流れるほどであった。「正ちゃん、こんにちは」なんて挨拶されたら、舞い上がってドキドキするくらいであった。それは明治牛乳の販売店のオクサンも同じだ。美人で肌がつやつやしていて、私の母親と比べたら月とすっぽんであった。オクサンが美人で息子が体格がいいというのは、牛乳屋にとってすごい説得力なのだった。

　牛乳には何かしら豊かな、贅沢な感じがある。これは卵にも共通することであるが、命の源という感じの豊かさ、贅沢さである。今はどちらも値段が安くなって、スーパーの目玉商品になっているけれども、牛乳と卵から受ける豊かさ、贅沢さの感じは、私の子供時代と変わっていないと思う。

　親戚のおじさんの家に遊びに行くと、子供が多かったせいもあって、茶の間に牛乳の大瓶がでででーんと二本置いてあった。当時、大瓶の牛乳をとる家は滅多になかったから、その印象は強烈であった。おじさんの家は金持ちで、駅前に土地を持ち、あちこちに家作を持っていた。茶の間にでででーんと置かれた二本の大瓶牛乳は、おじさんの家の豊かさの象徴でもあった。

　あの頃テレビでやっていたアメリカのホームドラマ「パパは何でも知っている」で、冷蔵庫の扉を開けると大瓶の牛乳がずらりと並んでいるのを見て、私たちは「わあ、すげえ……」とビックリしつつ憧れたものだが、おじさんの家では憧れのアメリカの豊かさがひと足先に実現していた。私の従兄弟たちは、台所からコップを持ってきて大瓶の牛乳を好きなだけ飲むのだ。これが豊かさでなくて何であろうか。

その牛乳と似て非なるものが小学校の給食で出た脱脂粉乳だ。

私は団塊の世代なので、小学校を卒業するまでアルマイトの容器に入った脱脂粉乳を飲まされた口である。大豆カスみたいなヘンな臭いがして、飲み込むのに苦労した。それは私だけでなく、鼻をつまんで一気に飲みほす子、ほかのものの味でごまかしながらちょっとずつ飲む子、飲めずに吐き出す子、隣の子に飲んでもらう子、「ウチの子は脱脂粉乳を飲めません」と親に断りの手紙を書いてもらう子……などなど、いろんな子がいた。

私はといえば、給食時間の最後の最後に冷え切ったのを一気に飲むことにしていた。脱脂粉乳は冷めると臭いが弱くなるからだ。鼻をつまんで、大好きな巨人軍の長嶋選手のプレイを頭に浮かべながら一気に飲んだ。長嶋選手には申し訳ないが、臭いが弱くてもそうでもしなければ飲めなかった。

クラスに一人だけ、旨い旨いと言って脱脂粉乳をお代わりするやつがいたが、そいつは変人扱いされていた。それほどまでに脱脂粉乳は嫌われていたのだ。

もっとも学校側も脱脂粉乳のまずさは知っていたらしい。あれは何年生のときだったか、一週間に一度だけ脱脂粉乳にココアらしきものを入れるという手口で、とつじょ味の改革を図ってきた。脱脂粉乳を少しでも美味しく飲ませようとする動きが出てきたのだ。

この脱脂粉乳改革は大成功だった。週に一度のココア味の曜日が近づいてくると「そろそろココアだよな」とワクワクした。今日のまずい脱脂粉乳を、明日のココア味を想像しながら飲んだ。味覚に関する想像力、記憶力は不思議なもので、味わったことがないものは想像できないが、一度でも味わったことのあるものは何日前でも何年前でも、いやいや何十年前の味でもはっきりと思い出すことができる。だからして、学校側の週一ココア味作戦が成功するのも当然なのである。ココアにカモフラージュされて、脱脂粉乳のまずさが少し減ったような気がした。

あの時代、牛乳は豊かであって脱脂粉乳は貧しかった。牛乳は生命の源だが、脱脂粉乳は牛乳からいちばん大事なエッセンスを取り除いた残りであり、（はっきり言って）カスであった。

それが今や大逆転、牛乳から脂肪分を取り除いた脱脂乳はノンファット牛乳と呼ばれている。脱脂粉乳も出世して、スキムミルクと呼ばれている。どちらもカロリーコントロールの必要な人や、ダイエットをしたい人には、人気がある。

こうなると、脂肪分があるなしとは関係ない。全然別物の商品である。それにしてもノンファット牛乳もスキムミルクもかっこいいネーミングである。身体にもよさそうで、味わい深く飲まないともったいなく思えてくる。

柿の種　父のデング熱

私が海外旅行をするとき、必ず持って行く物がある。「赤玉はら薬」と「柿の種」である。

私は下痢症で、緊張したり疲れたりするとすぐ下痢になる。旅先の下痢ほどつらいことはない。考えただけでも緊張してお腹（なか）がぐるぐるしてくる。そんなとき赤玉はら薬を飲めば、いやいや飲まなくても赤玉はら薬を持っているというだけで、心は安らかとなり、お腹のぐるぐるも治まってしまう。

もっともこの赤玉はら薬、欠点もある。昔ながらの置き薬なので、タイミングが悪いと薬箱の中に入ってないことがあるのだ。

「赤玉ないじゃないか」

「え、ない？　この前富山の薬屋さんがきたとき、多めに入れておいてもらったけど」

「飲んじゃったんだろう。なくなったらすぐに電話しておけよ」

「そんなこと言ったって、飲んじゃったのはあなたじゃないの。なくなったらその場で言ってくれないと電話できないわよ」

とまあこんな調子で、出発間際の忙しいときにオクサンとしたくもない喧嘩をすることになる。

その点、柿の種は安心だ。日本中どのスーパーにも、どのコンビニにも、柿の種は必ず売っている。二四時間売っている。買い忘れても空港の売店にちゃんとある。一週間ぐらいの旅行だと、私は小分け六パック入りを三袋買う。飛行機の機内で食べ、観光バスの中で食べ、ホテルで食べる。口が淋しくなったら食べ、日本食が恋しくなったら食べ、電車を待つ時間に食べる。ようするに大体の時間柿の種を食べている。

私が柿の種を食べているのを見て、現地の人が興味を示すことがある。私は「ジャパニーズ・ライス・クラッカー」と言ってひと袋進呈する。どこの国でも反応はおおむね大好評であって、「ぴりっとしてとても美味しい！」と言われる。日本産の食べ物としてはまずスキヤキが、ついでスシが世界制覇したが、その次に世界に認められるのは柿の種ではないだろうか。

そういえば昔読んだ開高健の『夏の闇』という小説で、主人公の恋人の女性が、留学先のドイツの宿舎で素っ裸の両足に柿の種が入った石油缶をはさみ、ぽりぽり齧りながらおしゃべりをする、というシーンがあった。『夏の闇』が出版されたのは私が二〇代半ばの頃だ。当時の私には、日本を飛び出した超インテリの女主人公の好物が柿の種というのが、捨てきれない日本そのもののようで醤油臭く侘しかった。エネルギッシュな女の孤独そのもののようなシーンだった。だがしかし、あの石油缶の柿の種を大学の同僚に食べさせたら、同僚たちはきっと大感激したに違いない。そうなったら女主人公の人生も、物の見方も、少しは変わっていたかもしれない。

私の父は戦争でフィリピンに出征したときに、マラリアとよく似ているデング熱にかかった。あやうく命は取り留めたが、その後も一年に一、二度は激しい頭痛と熱で寝込んだ。当時のわが家は乾物屋で、部屋は店の奥の六畳一間しかなかったから、父親が寝込むと家族はみな神経を使った。子供の私も足音が響かないよう、抜き足差し足忍び足で枕元を歩くのだ。それほど気遣っても、頭痛のひどかった父には足音が響いて、「うるさい！」と怒鳴られることもしばしばだった。

　そんな状態が一週間ほども続いたあと、ある日ふっと熱が下がってくる。よくなってきたな、とわかるのが、父親の「正一、柿の種を買ってきてくれ」であった。父親が柿の種を食べたくなったら、回復ももう少しなのだ。

　わが家が店を営んでいる高円寺北口商店街にもせんべい屋は何軒かあって、柿の種も売っていたのだが、父親の食べたい柿の種は別の店のであった。駅を背に商店街を突っ切って、早稲田通りに出る手前の左側の、おじいさんとおばあさんが二人でやっている小さな店の柿の種が父親のお目当てだった。柿の種は店のガラスケースの上の瓶に入っている。かど丸の四角で、斜めに出し入れ口が付いたガラス瓶である。

「柿の種ください」と言うと、店番のおばあさんは瓶の蓋を開け、小さなスコップで柿の種をビニール袋に入れて目方を量った。足りないと足し、余ると「はい、おこぼれ」と言って私の手のひらに載せてくれた。この店の柿の種は大きめで、色は黒っぽかった。粒も揃っていなかった。もちろんピーナッツなど入っていない。

　何よりの特徴は唐辛子が効いていることで、最初の「はい、おこぼれ」のときはすぐに口に入れて往生した。カーッときてジーンとしてカッカとなってヒリヒリして、涙がポロポロ出てきた。あまりの辛さに吐き出したいのだが、せっかくおばあさんが手に載せてくれたものを吐き出すのは子供心にも悪い気がしてそのまま飲み込んだら、辛み成分が喉(のど)の粘膜を刺激して、すごい勢いで咳(せ)き込んでしまった。

苦しかった。息ができなくて死ぬかと思った。しかしせんべい屋のおばあさんは、私ががっついて食べてむせたのだと思い込んで笑っていた。涙でにじんだおばあさんのニコニコ顔が怨(うら)めしかった。

その店の柿の種は間違いなく高円寺一辛い柿の種であったが、デング熱から治りかけの父親には、その辛さがたまらない、といったようすだった。私が買ってきた柿の種を、父親はビニール袋に手を突っ込んでぽりぽり食べた。食べているうちに父親の額に汗が浮いてくる。病気に由来する汗が、柿の種の汗に変わっていく。唐辛子で新陳代謝がよくなって、原料のもち米でエネルギーが湧いて、そのエネルギーが汗になって表面化する感じである。

「旨いぞ。正一も食べろ」

父親がビニール袋の口を私のほうへ向ける。病気が治りかけの父親の機嫌を損ねたくないので、私は柿の種を数粒つまんで口に入れる。覚悟はしていても口に火を入れたようで、私は大急ぎでコップの水を飲む。飲みながら、ああ、どうしてぼくは人のことばかり気にしているんだろう、と情けなくなる。そんな息子の気も知らず、

「な、辛くて旨いだろ」

父親は私の顔を見て笑うと、またぽりぽり、ぽりぽり続きを食べた。そうやって袋の半分ほど食べると、父親は水も飲まずにひと眠りする。翌日、学校から帰ってくると布団は敷かれておらず、ばあさんはテレビを見ていて、私は普通に歩いてもう怒鳴られることはないとホッとするのであった。

おかしなもので、父親に付き合って食べているうちに、私はいつのまにか高円寺一辛い柿の種が好物になった。柿の種は後を引く。柿ピーのパックを開けて食べはじめるとどんどんどんどん食べてしまい、気がついたら袋の中にピーナッツだけ残っていた、ということがよくある。

そうなのだ。私はピーナッツはピーナッツとして食べたいし、柿の種は柿の種として

食べたい。あるいは、柿の種の辛み成分によって舌がマヒしてきた頃合いを見計らってピーナッツがひと粒口に入る、というあんばいでありたい。ところが最近の柿ピーは昔よりピーナッツの割合が増えているようで、どうもピーナッツが余ってしまう。

ならばピーナッツの入っていない、柿の種だけのを買ってくればいいじゃないかとお思いだろうが、しかし、柿の種だけの袋は小分けパックになっていないのである。柿の種は湿気ると歯にくっつくから、一度開けるとひと袋全部を食べてしまわなければならず、腹がふくれて困る。

今でも風邪を引いて寝込んだりして、そろそろ熱が下がってきた頃になると、辛い柿の種が無性に食べたくなってくる。これはもう、父親から柿の種の遺伝子を受け継いだとしか思えない。だが残念なことに、早稲田通りの手前のあの店は三〇年も前に店仕舞して、父親の愛した柿の種も幻となってしまった。私が「辛い柿の種、辛い柿の種」と言うものだから、オクサンが知人に聞いて台東区のせんべい屋から辛い柿の種を取り寄せてくれたが、届いた頃には風邪は治っていて、治りかけのときの喉から手が出るような気分は消え失せていた。

数年前、年末に風邪で五日ほど寝込んだことがあった。高熱が出て唸（うな）っていたが、治りかけると案の定、無性に辛い柿の種が食べたくなった。ああ辛い柿の種、辛い柿の種と恋いこがれながらコンビニに行ったら、亀田のふつうの柿の種の横に「新製品」と銘打ってわさび味の柿の種が置いてあった。買ってきて試してみたら、唐辛子の辛さとは違うが、鼻にツーンときて、ふつうの柿の種よりははるかに辛い。中にとびきり辛い粒が混じっていて、そういうのにぶつかると汗と涙がじわっときた。汗が出たあとのすっきり感も唐辛子味より上だ。ひさびさに柿の種で汗をかくことができて、感謝感謝であった。

以来私は風邪で寝込むとわさび柿の種を買うようにしている。

とはいうものの、いつも食べる柿の種はやはりオーソドックスな唐辛子味がいちばん落ち着く。日本全国で買える柿の種が、世界中どこでも買える柿の種になる日もそう遠くないと信じている私である。

スイカ　一喜一憂、真夏の出来事

最近用事でよく日本橋に行く。日本橋の大通り沿いには千疋屋（せんびきや）という有名な果物店があるが、用事はその隣のビルなので、早めに着いたりするとときどき中に入って果物を眺めたりジュースを飲んだりする。

千疋屋は高級な店なので、並んでいるのも贈答品に使われるような高級な果物が多い。マスクメロンはもちろん、夏になると桃やスイカも並ぶ。どの果物も日本全国から選びに選んであるのだろう、桃などは町の八百屋に並んでいるような品と違いうぶ毛が銀色にふわっと光って、見ただけで「ははあーっ」とひれ伏してしまいたくなるような気品がある。

しかし不思議なことにスイカだけはごく当たり前の顔をしている。桃とスイカは私にとっては対照的な果物かもしれない。もちろん千疋屋のスイカは、町の果物屋の味とは違うのだろうが、日本一の千疋屋に並んでいても、町の果物屋のスイカと同じ顔をしている。そういうところがスイカの魅力だ。

私にとって日本の夏の風物詩とくれば蚊取り線香でもなく、花火でもなく、盆踊りでもなくスイカである。誰が何といってもスイカである。日差しが脳天にカーッと突き刺さり、コンクリートの地面が熱気で歪（ゆが）んで見える真夏にスイカというものがなかったら、私たち日本人はとうてい生きて行けないはずである。

いや、少なくとも私は間違いなくどうにかなってしまう。七月から残暑の九月にかけて、私はほぼ毎日スイカを食べているといっても過言ではない。それも一回に四分の一に切ったものをしゃりしゃりぺろりと平らげる。いやいや本当は二分の一個だって食べられるのだが、わが家の冷蔵庫に余裕がないため四分の一の大きさのしか冷やせないのである。

私が子供の頃、スイカは冷蔵庫で冷やすものではなかった。井戸の水で冷やすものであった。夏休みがはじまって一週間か二週間経（た）つと、梅雨（つゆ）の名残がすっかり抜けて空が底に黒みを感じさせるほど青くなる。中央線沿線の家並みの向こうに入道雲がもくもくと湧いてくる。そうなったらスイカ日和だ。

「正一、スイカ買いに行くぞ」

二日酔いで遅く起きてきた父親が、私のそばにきてご機嫌取りをする。私にではなく、私が喜ぶことを言って、むくれ気味の母親とばあさんのご機嫌を取るのである。

「行こう行こう、早く行こう」

空気を察した私は飛び上がって浮かれて見せる。

今思えば、こういうときの父親にとってスイカはじつに好都合な口実だった。居心地の悪いわが家からとりあえず外に出ることができるし、俺は子供をかわいがっているぞ、家族を大事にしているんだぞ、というポーズも取れる。さらには大きくて重いスイカの買い出しは母親やばあさんもしんどいので、反対のしようがないのである。

当時はスイカは切り売りなどしていなかった。丸ごと一個を買った。だから外れると悲惨で、水気ばかりで味のないスイカを家族全員面白くない顔つきで食べきらなければならなかった。

そんなわけで、わが家ではスイカだけは線路を渡った南口の果物屋まで買いに行っていた。店のあるじがスイカ産地の三浦半島の出で、おいしいのに当たる確率が高かったからだ。あっちからもこっちからもスイカの客がくるので、夏の間は店の半分がスイカだった。

「スイカ一個、甘いとこを頼むよ」

父親が言うと、店の若い衆はニッコリとうなずいて山積みのスイカからひとつ取ってビンビンと爪で弾く。隣のを取ってまたビンビンと弾く。しまいには耳なんか当てて、まるで医者が患者の胸に聴診器を当てて心音を聴いているような真剣な顔つきでビンビンやる。そうやっていくつか弾いたあとで、

「旦那さん、これは保証付きだよ」

と中のひとつを荷造り紐で編んだ緑のビニールの提げ網に入れてくれるのである。

「ここんとこ暑いから、ぐんと甘みが乗ってるよ。間違いないよ」

「旦那さん得したね」

別の若い衆がにこにこしながら言う。

若い衆たちに見送られて、私と父親はスイカを提げてわが家へ向かう。ふだんめった

に店番もせず俳句ばかりしている父親には、スイカは重すぎる。

ましてや二日酔いで、最初からスイカを自分が持つことなど考えていないから、結局は、重いスイカを持って帰るのは、私の役目である。ぺなぺなしたビニールの提げ網は持ちにくく、スイカの重みですぐ手が痛くなった。右手が痛くなると左手で、左手が痛くなると右手に持ち替えて、わが家まで一〇分ほどの道のりを歩いた。それでもスイカが脛にゴンゴン当たるのが痛うれしかった。

スイカを井戸で冷やす係は私である。

盥に浮かせて、上から井戸水をじゃんじゃんかける。高円寺北口商店街にある私の家は、通りの側は店だが路地を入ると小さな庭があって、そこに手押しポンプ式の井戸があった。二メートルと離れていないところに便所があったので飲み水には使わなかったが、掃除や洗濯は井戸の水でまかなった。

井戸の捌口にはばあさんが晒しで縫った袋がかぶせてある。ポンプを押すとその袋がぷうっと水でふくれ、織り目から冷たい水が濾し出されてくる。速く押せば押すほどふくれは大きくなって、今にも捌口から外れそうになる。あのふくれる感じを見るのが私は好きであった。水と布と、どちらも柔らかいものがせめぎ合っている感じが面白かった。
とはいうものの、ぷかぷかと盥に浮いたスイカは勢いよく水をかけるとすぐに動いてしまう。様子を見ながらポンプを押す力を調節したり、ときどきは水に浸かっているほうを上下を逆にしたり、早く食べたい一心で、いろいろな工夫をした。スイカが芯まで冷えるのには二時間はかかった。

こうやって冷やしたスイカを、ばあさんが大きな菜切り包丁で切り分ける。店が忙しくなる少し前のいちばんのんびりした時間である。

「何だ、あんまり甘くないな。あの店員嘘をつきやがって」

「そんなことないわよ。先週はひどかったけど今日のはまあまあよ。……正一、真ん中ばっかり食べちゃダメじゃないの。端っこも食べなきゃ」

「だって食べにくいんだもん」

「スイカは尻っぺたのほうが甘いんだよ。地面に近いほうに糖分が降りるからね」

交わされる会話はいつも同じだった。だが、スイカはそれでいい。本当に甘いスイカに当たるのはひと夏に一度、せいぜい二度、今度は甘いんじゃないかと期待してかぶりつき、まあこんなもんだろうと自分を納得させてみたり、あんまり甘くないなとガッカリしてみたり、何だよコレはと怒ってみたりするのがスイカの真骨頂（しんこっちょう）だ。

今、スイカは丸ごと一個買うものではなくなったけれど、交わされる会話は私の子供時代と同じである。尾花沢（おばなざわ）だの熊本だのと新しいブランドスイカもあるようだが、スイカにはブランドはあまり似合わない気がする。

スイカに当たり外れがなくなっていつでも甘くなったら、世の中の面白みがひとつ減ってしまう。スイカは当たり外れの楽しみを持っている果物だ。

スイカという果物はたぶん、スイカそのものではなく、小さなスイカのまわりにある風景や情景を味わうものなのだ。

だとしたら、あの重く大きな緑の図体（ずうたい）のなかに、赤く詰まっているのは果肉ではなく、子供時代の記憶なのかもしれない。

それにしても『歳時記（さいじき）』をひらいてスイカを調べてみると、秋の季語になっている。

スイカは絶対に夏である。どんなことがあっても夏である。スイカの本場、尾花沢に芭蕉（ばしょう）が立ち寄ろうと夏である。

アイスクリーム　誰よりも君を愛す

今回はいきなりクイズ形式である。

【質問】私ねじめ正一が東京ドームに行くと必ず食べるものがある。それは何でしょう？

1　中華弁当
2　ホットドッグ
3　わんこそば
4　アイスモナカ

正解は……「タイトルがアイスクリームだし、当然4でしょ」と思ったアナタ、残念でした。東京ドームで私が必ず食べるのは2のホットドッグである。一〇回行けば一〇回食べる。4のアイスモナカもかなり食べるが、こちらは一〇回のうち八回ぐらい。残り二回は（アイスモナカ食べたいな……でもこのあいだの健康診断で、やや太り過ぎって言われたしな……どうしようかなあ……）などと考えているうちに売り子さんが行ってしまったり、巨人の選手がいいプレーをしてアイスモナカのことを忘れてしまったりする。正解ではないけれど、私が東京ドームのアイスモナカをこよなく愛していることに変わりはないのである。

東京ドームのアイスモナカはじつに東京ドームらしい。町で売っているふつうのアイスモナカよりもひと回り大きく、中はバニラの一種類だけで、しかもかなり固めである。この固めがポイントなのだ。ほど良い固さのアイスモナカは最初は食べやすいが、試合に夢中になっているうちに溶けて柔らかくなりすぎて、ポトッと膝（ひざ）の上に落ちたりする。

しかし固ければ安心だ。ドーム球場のアイスモナカは野球観戦のリズムと合っている。のんびりとアイスモナカに齧（かじ）りつきながら野球観戦に没頭できる。贔屓（ひいき）のチームがチャンスのときもピンチのときも、食べるのを忘れていて試合に集中できる。

さらにうれしいのは、東京ドームのアイスモナカが東京ドームの形をしていることである。丸っこくて厚みがある。この形だとふつうは食べるときに大きく口を開けなければ下に垂れてしまうが、そこは固めのありがたさ、最後まで大きく口を開けることなくリスみたいに端からコチョコチョ齧ればいい。一個ぜんぶ食べ終わるとお腹（なか）もけっこういっぱいになっている。値段は一個三五〇円とやや高いけれど、量から考えたらぜんぜん高くない。それどころかドーム球場内の食べ物の中ではダントツのコストパフォーマンスではないか。

考えてみると、私は小さな頃からアイスモナカが大好きだった。生まれ育った中央線高円寺には昭和三〇年代には映画館が四館あった。東宝系、日活系、東映系、エロ系である。商売をやっているわが家には各映画館からタダ券がきた。まだ小学生だったのでさすがにエロ映画館に入る勇気はなかったが、そのタダ券で他の映画館にはすべて通った。一人でも行ったし、友達を誘って行くこともあった。

休憩時間になると、首から白い箱を下げた女の人が「アイスモナカいかがですか、アイスモナカいかがですか」と売りにくる。私はアイスモナカを食べたかった。

でも映画館のアイスモナカは、子供の私には値段が高くてとても買えなかった。大人が買って食べているのを見るとすごく美味しそうなのだ。今考えると映画館のアイスモナカも近所で売っているアイスモナカと同じものだと思うのだが、映画館で売っているというだけで高級感があった。

どうしたら映画館のアイスモナカを食べられるか。私は知恵を絞って祖母を連れて行くことを思いついた。要はスポンサーである。このアイデアは図に当たった。

「おばあちゃん、映画行こう」私が猫なで声で誘うと、祖母は「どんな映画だい」と訊く。

「裕ちゃんだよ」

「裕ちゃんかい。じゃあ行こうかね」

年は取っても祖母は美男に弱かった。裕ちゃんというと喜んでついてきたし、三船敏郎だよといってもついてきた。怪獣映画のときは困ったが、うまいことをいって連れ出した。

いやいや祖母は私の浅知恵などとっくにお見通しで、素知らぬふりしてついてきてくれたのかもしれない。映画館のアイスモナカは東京ドームのと違ってすぐに溶けてしまうアイスモナカだった。休憩時間内に急いで食べた。

　映画ではまんまと祖母を連れ出した私であったが、それからしばらくすると、今度は私が祖母に連れ出されることになった。祖母は映画も好きだったが歌舞伎も好きで、女形の中村歌右衛門の大ファンであった。ところが膝を悪くしてしまい、一人で電車に乗せて出すには危なくなった。とはいうものの、わが家は商売屋であるからして、父親も母親も忙しい。祖母に付き添ってやることができない。

　そこで祖母が思いついたのが、私を連れて行くことである。

「正ちゃん、歌舞伎座に行ったらアイスモナカを二個食べさせてあげるから」

「ほんとう？」

「帰りは三越デパートの食堂でアイスクリームも食べさせてあげるから」

　これで決まりだった。私は祖母の荷物を持ってお供した。祖母が途中で転んではアイスモナカも三越デパート大食堂のアイスクリームもおじゃんになるから、よくよく注意して、危ない所にかかると声をかけたり手を引いたりした。通りすがりの人に「感心なお孫さんですね」などと褒められて祖母は鼻を高くしていたが、私の頭の中はアイスモナカと三越食堂のアイスクリームの三つ巴なのであった。

それにしても三越デパート大食堂のウエハース付きアイスクリームの高級感ときたら、映画館のアイスモナカの比ではなかった。銀色のステンレスの器にのっかった丸いアイスクリームは黄色くて味が濃くて、舌に載せるとまとわりつくようだった。お多福豆みたいな形をしたアイスクリームスプーンもおしゃれな感じだった。私はせいいっぱいお上品にアイスクリームを掬って口に運んだ。ウエハースはとっておいて最後に食べた。本当は溶けてステンレスの器にこびりついた分を舐めたくて仕方なかった。ウエハースではあの溶けたのは浚えないのだ。

三越の食堂にはアイスクリームのほかにソフトクリームもあった。こちらはらせん状の針金がついたソフトクリーム立てにささって出てくる。私は毎回アイスクリームにするかソフトクリームにするかおおいに迷ったが、その前に歌舞伎座で食べたアイスモナカのモナカの味とソフトクリームのとんがり帽子の味が同じなので、たいていはアイスクリームに落ち着くのだった。

アイスクリームといえば、私の子供の頃には名糖のホームランバーというのがあった。

柱みたいに四角い棒アイスで、銀色の紙に包まれている。包み紙を剝がして食べると中から出てくる棒に「ホームラン」とか「ヒット」とか書いてあって、ホームランだと一本で一本、ヒットの棒なら三本集めるともう一本もらえた。お菓子屋にはアイスモナカも売っていたけれど、「もう一本もらえる」という魅力には勝てず、私たちが買うのはいつもいつも名糖のホームランバーであった。

アイスではもうひとつ、富士山型の棒アイスが忘れられない。富士山を上のほうから食べていくのだが、こちらはホームランバーよりずっと高級で甘みも強く、今のアイスクリームに近い乳脂肪分の多い味がした。名糖ホームランバーは味よりも棒に書かれた字を見つける喜びの記憶が強いが、富士山アイスは味の記憶だ。近所で自分で買ったのか、誰かのお土産かも覚えていないのに、味の記憶だけが鮮明に残っている。

そういえば知り合いの編集者と子供時代の話をしていると「昔、富士山型のアイスがあってねえ」と言ったら、

「あ、僕も記憶あります！　あれは旨かったなあ」と身を乗り出すではないか。彼は私より少し若いし、お坊ちゃん育ちで買い食いなんかしないし、と思ってよくよく聞いて

みるとやはり違った。

彼の言っているのは富士山型アイスクリームケーキのことで、富士山のてっぺんに雪がかかったようなツートンのケーキをナイフで切ると、中心に果物の砂糖漬けがいっぱい入ったフルーツアイスが詰まっているという豪勢なものであった。彼の家では、クリスマスはこの富士山アイスクリームケーキで祝ったという。

「たしかナポリアイスクリームという会社のじゃなかったかな。蠟燭も付いてくるんですが、灯すとアイスクリームが溶けるんじゃないかと気が気じゃなかったです」

私にそんな思い出話をする彼の気持ちは、私が富士山型棒アイスをもう一度食べたい、ぜひ食べたい気持ちとまったく同じはずである。

梨

帰っておいで長十郎

子供の頃から、いちばんよく食べている果物は梨である。

今でこそ品種も増えて、初秋に出回る幸水、豊水、新高からあきづき、菊水、一一月に出る愛宕まで、さまざまな梨が味わえるけれど、私の子供の頃は梨といえば長十郎と二十世紀しかなかった。それもどちらかといえば長十郎だ。二十世紀は長十郎より少し値段が高くて、果物屋にしか売っていなかった。その点、長十郎は八百屋でひと山いくらで買えた。

長十郎という名前は、おそらくこの梨を最初に栽培した人の名前だろう。果物に人の名前が付いているなんて、ちょっと珍しい。最初に栽培した人の名前が長十郎ではなくて正一だったら、梨は正一という名前になっていたかもしれない。そうなると、昭和三〇年代の日本中のご家庭で、「冷蔵庫に正一が冷えてるよ」とか「おやつは正一だよ」とか「正一の皮を剝いてよ」とか「今日の正一は歯応えがもうひとつだったね」とかいう会話が交わされていたかもしれない。うーん、なかなか背筋が寒くなる話である。

長十郎は、多摩川沿いの登戸方面が一大産地であった。わが家は乾物屋であったが、秋になると家族と住み込み店員さんで、休日の一日を登戸の梨園へ梨もぎに行った。

登戸へは新宿から小田急線に乗って行く。小田急線のホームには、私たちが乗る急行とは別に、箱根湯本行きのロマンスカーも止まっていて、カッコよかった。赤と銀のツートンカラーで、運転席が斜めに切れ上がっていて、いかにもスピードが速そうに見えた。行楽という言葉がピッタリ似合う車両であった。

とはいうものの、私たちが乗るのはふつうの急行なのである。店の休みの日は平日なので、乗客も平日気分の買い物客やサラリーマンなのである。だから電車に乗ってもちっともウキウキ感はなかった。梨もぎも、観光梨もぎというより、農家の収穫の手伝いにきているような感じであった。

これが甲府のブドウ狩りなら、紫に輝く宝石を取るような気分にひたれたし、母親が横から「値段が高いんだから、よく見て美味しそうなのだけ取りなさい」「高いんだから、二房しか取ったらダメよ」と、高い高いを連発して高級気分を盛り上げてくれるのだが、長十郎梨は「あんまり取ると帰りが重いよ」と言うだけなのだ。これでは有り難味も何もあったものではない。長十郎は色が黒くてぶつぶつがあって田舎っぽい風貌をしている。値段も安い。そういうところが侮られる原因になっていたのかもしれない。

そういえば、私が小学校から帰ってきて、隣の果物屋の前を通ると、主人が「正ちゃん、これ持って行きな」と言って旬の果物をよくくれた。桃やリンゴは一個なのだが、長十郎は二個くれるのだ。つまり、長十郎は二個で桃やリンゴ一個分ぐらいの値段感覚なのであった（ちなみに、主人はミカンだと四個か五個くれた。「ランドセル開けな」と言って、中に入れてくれるのだった）。

だが、値段などとは関係なく、私は長十郎が大好きだった。噛んだときのガリガリ感と、木の実のような香ばしさがたまらなく好きだった。ばあさんが歯が悪くて長十郎は堅いというので、ときどきは二十世紀も買ってきたが、二十世紀はしゃりしゃりと水っぽいばかりで、長十郎のあの香ばしさがなく、あまり好きにはなれなかった。

果物屋の主人から長十郎をもらうと、ランドセルを置くなり皮も剝かずにそのまま食べた。皮を剥いてもらう時間が待てずにすぐに食べた。長十郎の皮は堅くてゴソゴソしている。口の中に残った皮はブドウの種のようにペッと吐く。がっついて食べて、芯の周りの石みたいな粒々まで齧ってしまうこともしょっちゅうだった。うちのばあさんは梨を「ありの実」と言っていた。食べ終えた芯を庭に放り投げると蟻んこがいっぱい寄ってくるので「蟻の実」と言うのだと、今でも思っている。

ある日、友達のKクンと後楽園球場に巨人対阪神戦を見に行った。Kクンの家はお父さんがサラリーマンで、早稲田通りの先の鉄筋コンクリートの社宅に住んでいた。試合前の守備練習のとき、阪神の四番打者藤本が外野席に向かってサービスでノックをして、ボールが外野席にぽんぽん飛んできた。私とKクンはボール触りたさに（あの頃はお客がボールを捕ってもプレゼントしてくれなかった）球場の通路を猛烈に走って、転んで膝を擦りむいたりしたが、それもまた野球を見に行くうれしさなのであった。

いよいよ試合が始まると、「ねじめくん、梨食べようか」とKクンが弁当箱を出してきた。弁当箱の蓋を開けると、きれいに剥いて芯もちゃんと取ってある梨が、お行儀よく並んでいる。

私はひとつつまんで口に入れた。梨は長十郎であった。だが、私がいつも食べている長十郎よりはるかに美味しいのだ。歯を立てるとそのままじゃりっと割れて、長十郎独特の香ばしさとともに透明な甘さが口に広がる。ゴソゴソも残らない。石みたいな粒々も歯に当たらない。甘さと香ばしさが口から喉(のど)にすーっと落ちていって、すがすがしい後味だけが残るのだ。思わず「ウマイ！」と声を上げた。梨の皮を剝いているのといないとではこんなに味に差があるとは思わなかった。

「ねじめくん、梨が好きなんだね。あとぜんぶ食べてもいいよ」

　私があまりにも感動するものだから、Ｋクンはそう言ってくれた。その日の試合で巨人は見事に負けてしまったが、私が梨の皮を剝くようになったのはＫクンの梨を後楽園球場で食べてからであった。家へ帰ると、ばあさんをつかまえて梨の皮の剝き方を教えてもらった。私はそれまで包丁なんぞ一度も使ったことがなかった。

「どんな風の吹き回しかねえ」

　ばあさんは笑いながら梨を剝いて見せてくれた。右手に持った包丁をちょっと寝かし、左手で梨を回すのがコツのようであった。

ばあさんの手つきを見ながら私も梨を剝きはじめるのだが、ばあさんは私が包丁で指でも怪我をしたらたいへんなので、私よりも緊張していた。私はばあさんが教えてくれるとおりに包丁を進めるのだが、どっこい！　なかなか進まない。それより何より、剝くときに皮がやたらと厚くなる。皮を剝いているというより実を削っているみたいだ。もったいないと思ったが、剝き終えた梨を丸ごと齧ると、やっぱり美味しい。

二週間もすると、立派に梨の皮が剝けるようになった。剝いた皮の厚みもだんだんと薄くできるようになった。皮を薄く剝けば剝くほど梨の旨味が増してくる。つながった梨の皮を楽しむように、皮がぶらんぶらんと床に届きそうなぐらいに剝く。梨の皮を剝いていると、落ち着いた気分になれた。私の特技は野球が一番目で、二番目が梨の皮剝きになった。

皮剝きが得意になると、ばあさんや母親からほかの果物の皮を剝くようにと頼まれたりもした。

ところが、リンゴは果実とリンゴの皮の堅さのバランスがよくなくて、皮を剝いていてもリズムが出てこない。柿は堅めのときはするすると剝けるのだが、実がやわらかくなってくるとぐんにゃりしていて剝くのが難しい。

いちばん面倒臭いのはジャガイモだ。ジャガイモは剝くのではなく、力技でばっさばっさと削っていく感じだ。剝くというするするしたリズムはまったくなく、力任せでやっているだけで、ちっとも楽しくない。

今でも、わが家では果物を剝くのは私の仕事である。私には二人の子供がいるが、私が二人に教えることができたのは勉強ではなく果物の皮剝きである。息子は去年結婚して、ときどき夫婦で遊びにくるが、嫁さんが息子のことを「家事は何もしないくせに、果物の皮だけは器用に剝くんですよ。剝いた果物をきちっと切って、お皿に盛って、持ってきてくれるんです。フシギでしょうがないんです」と言うのだ。それを聞いて、私は息子に果物の剝き方を教えておいてよかったとつくづく思った。娘のほうも、ときどき梨を五個ぐらいまとめて黙々と剝いているときがある。黙々と何も考えずにひたすら剝いている。皮をするするすると剝く行為が癒しになっているようである。

それにつけても、最近とんと長十郎の姿を見かけないのは淋しい限りである。チョージュードロー、チョージュードローとつぶやいていると、あんなに旨いのにわざと地味な茶色の装束を着けて姿を隠している、果物界の忍者長十郎に思えてくる。昭和ブームの折から、どこか奇特な農家の方が長十郎をもっと復活させてくれたら、ねじめとしてはこれにまさる喜びはないのだが。

ホットドッグ　後楽園球場の味

私にとって、というか父、私、息子と続くねじめ家の男三代にとって、ホットドッグといえば野球、ホットドッグといえば後楽園球場である。これはもう遺伝子に刷り込まれているとしか言いようがない。

そもそものはじまりは昭和三三年四月五日土曜日だ。その日ははじめて家族四人で後楽園球場に野球観戦に行った日であり、セ・リーグ巨人対国鉄開幕戦の日であり、長嶋茂雄がプロ野球にデビューした日であり、その長嶋が金田正一(かねだしょういち)から四打席四連続三振を食らった日であった。記念すべき日、忘れられない日なのだ。

国鉄のエース、金田の投球はすばらしかった。左手首をぶらぶらさせながら投げる直球はすばらしく伸びがあった。二階から落ちてくるようなカーブに、長嶋はアゴが上がってまったくタイミングが合わなかった。試合の点数は僅差(きんさ)でも、圧倒的にエース金田が投げる国鉄が有利であった。父親も私も試合に集中していたが、母親と弟は三回ぐらいで持ってきたおにぎりを食べるとこっくりこっくり居眠りをはじめた。

「何だ、寝てるのか」

二人の居眠りに気づいた父親はかなりムッとしていた。とはいうものの、七回を過ぎたあたりからさすがにお腹がペコペコになってきた。父親はどうかなと隣を見ると、父親も同じだったらしく「腹が空いたな」と言って席を立った。父親がいなくなっても、試合のほうは変わらず、巨人は金田をまったく打てない。父親がなかなか帰ってこない。どうしたんだろう、どうしたんだろう、と通路の方角をちょろちょろ見ていたら、父親がホットドッグを両手にひとつずつ持って戻ってきた。

ホットドッグを受け取った私は一気にパクついた。飲み物がなかったのでパンが喉につかえそうだったが、味は旨かった。パンは少し水っぽく、からしがついたソーセージは真っ赤でぷりぷりしていた。私はとても一個では足りず「お父さん、もう一個食べたい」とねだった。

「そうか」

父親は迷うことなくまた席を立つと、今度もまた両手にひとつずつホットドッグを持って席に戻ってきた。横では母親と弟が居眠りから目を覚ましている。が、二人ともおにぎりでお腹がいっぱいで、私と父親がパクついているホットドッグには興味がなさそうであった。父親と私は二個目のホットドッグもペロッと食べた。試合は金田にやられて全然ダメであったが、長嶋を見られたこと、ホットドッグを二つも食べられたことで私は幸福の絶頂であった。

それから今まで、後楽園球場（途中から東京ドームに変わったが）で何本のホットドッグを食べただろうか。一〇〇本か、二〇〇本か、たぶん三〇〇本は食べていないのではないか。巨人の試合のチケットは取りにくい。今はそうでもないが、一〇年ほど前までは当日行ってもチケットは買えなかった。だからホットドッグもそうは食べられない。年に五回、五〇年通って毎回食べても二五〇本にしかならない計算である。私は途中から物書きになって球場へも行きやすくなったが、乾物屋の商売をしていた父親は店を休まないと野球観戦に行けなかったから、生涯に食べたホットドッグの本数も私よりずっと少ないはずだ。

で、次の代、すなわち私の息子である。息子がはじめて後楽園球場に行ったのは小学校二年のときで、昭和五八年五月五日のセ・リーグ巨人対阪神戦であった。息子は大好きな原辰徳選手の本物が見られるというので前の日から緊張し、トイレに行ってばかりいた。その代わり食欲はぜんぜんない。私は心配になってきて「あした行くのやめようか」と言った。すると息子は横に首を振るのだ。どうしても後楽園球場に行きたいのだ。

そうやって次の日を迎え、私と息子は中央線に乗って水道橋駅に向かった。水道橋に着くまでに息子は緊張のあまり四回も途中下車してトイレに行ったのだが、とうとうおしっこは出なかった。が、球場に入り、席に座って、守備練習をしている原辰徳選手を見たら緊張もおしっこ気分も吹っ飛んで食欲もモリモリ出てきて、「お父さんお腹空いた」と言い出した。私は父親と同じように席を立って売店まで行った。私の分と息子の分のホットドッグとオレンジジュースを買った。昔と違ってポリ袋に入れてくれたので、両手にひとつずつ持つ必要はなかった。だからジュースも買えるのだ。

席に戻り、息子にホットドッグを手渡すと、もともと大食いの息子はぺろっと食べて、「あと二つ食べたい」と言い出した。前の晩から何も食べていなかった揺り戻しが一度にきたのだ。私は自分の分のホットドッグを息子に渡すと、急いでホットドッグを三つ買ってきて息子に渡したのであった。試合のほうは息子の願いが通じて、阪神の山本和投手から原がサヨナラホームランを打って、巨人が勝った。そのときの息子の喜びようはすごかった。うれしさが突き抜けて、腰が抜けたように座り込んでいた。

やがて後楽園球場はなくなり、東京ドームが誕生した。あれからかなりの年数は経(た)っているが、私はいまだに後楽園球場にこだわる。あの中央線の電車から見えた、ナイターの灯(あかり)が煌々(こうこう)と照っていた後楽園球場は今でもはっきり思い出すことができる。とはいうものの、後楽園球場の記憶が年ごとに少しずつ薄れてきているのもまた事実だ。そんな中で後楽園球場を思い出すよすがとなるのがホットドッグである。

東京ドームでホットドッグを食べていると、後楽園球場で食べているのと錯覚するときがある。私はこの錯覚を呼び起こすためにホットドッグを食べている。もしかして、ひょっとして、東京ドームからホットドッグがなくなったら、私の後楽園球場は終わりである。

私の子供のころ、ホットドッグを買いに売店に行くと、ピクルスや玉葱(たまねぎ)があったような気がするが、私はそれらを入れた覚えがない。子供の私にはピクルスや細かく切った玉葱は好きではなかった。ケチャップもからしもつけなかった。パンとソーセージだけのホットドッグを食べていた。何も入っていないホットドッグが大好きだった。

ホットドッグの中には、長嶋や与那嶺（よなみね）や川上やエンディ宮本や坂崎らの巨人選手がピクルスやケチャップの代わりに入っていた。ホットドッグを食べながら巨人選手たちを目で味わっているから、ホットドッグの旨さは倍増だったのだ。

今でも東京ドームでホットドッグを食べるときは後楽園球場とつながっている。後楽園球場と東京ドームが、ヘソの緒のようにホットドッグでしっかりと結ばれている。

東京ドームになってホットドッグの味は変わったかと聞かれるとよくわからない。習慣のようにホットドッグを買い、目の前の、グラウンドの試合に没頭しながら食べるので、気がつかないできた。だが、覚えていないということは、さほど味が変わっていないということだろうか。

――イヤ、違う。ここ数年食べている東京ドームのホットドッグを思い出してみると、私が子供の頃に食べたホットドッグとは見かけも味も間違いなく変化している。どこが違うかというと、まずソーセージが違う。昔は人工着色料ばっちりの真っ赤なソーセージだったが、今は着色していないふつうのソーセージである。ケチャップとからしも昔はカウンター横に置いてあって自分で取ったものだが、今は小さな容器に入ったのがあらかじめ付いている。東京ドームも時代に合わせていろいろと考えているのである。

とはいうものの、最近私の中で東京ドームのホットドッグを超えるホットドッグが現れてしまった。それはドトールコーヒーのジャーマンドッグである。ドトールのジャーマンドッグは、パンのモチモチ具合とソーセージの皮のぱりっとした対比がじつにいい。パンの甘さ、ソーセージの味のバランスもいい。ホットドッグというのは食べ終わるまでにソーセージのほうが先になくなってしまうものだが、ジャーマンドッグはソーセージが最後のひと口までちゃんと残るように計算されている。この計算のためにありとあらゆる試行錯誤を繰り返してきたのは一目瞭然である。しかも値段が一九〇円（現在は二二〇円）、東京ドームのホットドッグ三八〇円（現在は四〇〇円）と比べるとダントツの安さだ。

だが、ドトールのジャーマンドッグには巨人選手たちは入っていない。後楽園球場の記憶も入っていない。東京ドームのホットドッグは一本三八〇円だ。東京ドーム三八〇円とドトール一九〇円の差額が巨人選手たちの、そして後楽園球場の記憶に支払う額である。これくらいの額なら、私はこれからも喜んで払う。

シュークリーム　男が食べても似合う菓子

酒は飲めないが甘いものは大好きである。コーヒー、紅茶には砂糖をスプーン二杯ずつ入れるし、和菓子、洋菓子は一日一回は食べないと落ち着かない。

私の高校の先輩でもある作家の荒俣宏氏の甘いもの好きは有名で、バナナを齧るように、羊羹を一本まるごとムシャムシャ齧るという話を聞いたことがある。想像するに、じつに男らしい景色である。男が甘いものを食べるときはこうでなくちゃいけないという感じがする。男性エステができるなら男性専用あんみつ屋も作ってほしいと声を大にして言いたい私であるが、あんみつ屋で小さいスプーンを使って、上に載っているピンクの求肥なんかを口に運ぶなんぞは、残念ながらあまり男らしいとはいえない。かわいらしいケーキ屋で、苺のショートケーキを前にニコニコしている男というのもちょっと願い下げである。

男が食べてサマになる菓子といえば、洋菓子ではシュークリーム、和菓子ではどら焼きではないか。その昔「お菓子の好きなパリ娘」という歌があって、その歌のパリ娘はたしかエクレアを手づかみでムシャムシャ食べるのであったが、パリジェンヌならぬ日本男児の食べる菓子も手づかみでムシャムシャでないと格好が悪い——というような話を、同窓会の帰り、男ばかり三、四人の席でしたことがある。するとその中の一人が「そうそう」と膝を乗り出してきた。

「じつは俺もシュークリームが大好物なんだけどさ。最近のシュークリームって、手づかみでムシャムシャやれないのが多くないか」

「それって、最近流行りのケーキ屋に売ってる小ぶりで小じゃれたやつだろ」

もう一人が、わかるわかるといった顔つきでうなずいた。

「あの手のケーキ屋のシュークリームって、皮が上下に切ってあって、クリームが横から見えるんだよな」

「皮がカリカリしててな」

「上の皮が帽子みたいにちょこんと載っててな」

「その皮の上にアーモンドの砕いたのなんかがくっついてるんだよな」

　その手のシュークリームはクリームが多いために、がぶりと噛みつくのは無理である。どんなにワイルドに食べようとしても、まず上の皮でクリームを掬って口に入れ、しかるのちに土台のほうをつまんで頰張るという、二段階の手続きが必要になる。

「いかんよなあ。あれは邪道だ」

「だいたいシュークリームの皮がカリッとしてるなんて許せないぞ。シュークリームの皮はしなっとしてなきゃ」

「〝べしょ〟じゃなくて〝しなっ〟なんだよな。中のクリームの水分で湿った感じな」

「そうでないとムシャムシャって食えないんだよな」

「齧り方が悪いと中身がむにょ〜っと出てきてな」

「あの危なっかしい感じがたまらないよな」

「アレを指で押さえるのがいいんだよな」

「指についた中身を舐めるのもいいんだよな」

　昭和二三年生まれの男どものシュークリームに対する思いは共通であった。一度でいいからシュークリームを飽きるまでむしゃむしゃ食べてみたい、と夢見たことまで共通していた。当時、ケーキの両横綱は苺のショートケーキとシュークリームだったが、ショートケーキを飽きるまで食べるというのは、夢としてもあまりにも大それた夢だった。しかしシュークリームなら夢見ることができる。シュークリームなら、もしかすると夢が現実になるかもしれないと想像することもできる。そういう、手の届く夢としてシュークリームはあった。

もっとも、私が子供時代に慣れ親しんだシュークリームはさらに庶民的な代物だ。何しろ駄菓子屋で売られていた。ベビーシューという名前で、店先のガラスの蓋の付いた四角い箱に並べて売っていたのだった。

ガラスの箱はもうひとつあって、白黒ひと組になったあんこ玉が入っていた。値段もほかのものが五円なのに、シュークリームとあんこ玉は一〇円だった。天井からぶら下がったり、ガラス瓶に突っ込まれたりしている駄菓子屋で、きちんと並べられたこの二つの菓子は別格だった。

小学校低学年の私の小遣いは一日五円であった。ときどき、父親の機嫌がよくて一〇円もらえたり、ばあさんが先にくれたのを知らずに「ハイ、今日の分」と二重にくれたりしたとき、私は駄菓子屋に飛んで行ってベビーシューを買った。ほかの駄菓子はじかに手に載せられるだけだが、ベビーシューはちゃんと白い袋に入れてくれる。うっすら横筋の入ったペナペナの紙でできていて、口のところがギザギザになっている小袋である。

外へ出て袋をそっと破る。でこぼこの小さないかづち頭みたいなベビーシューをためつすがめつ眺める。中にクリームが入っているはずなのに、クリームを入れる切れ目が見あたらないのだ。子供の私には人生最大の謎であった。ベビーシューを買うたびに、今度こそその謎を突き止めてやろうと思うのだが、甘い匂いに眺めているだけでは我慢できなくなって、謎を解く前についがぶりと噛みついてしまう。

駄菓子屋のベビーシューは皮こそ本物のシュークリームそっくりだったが、中のクリームは冷めたカレーみたいにポテッとしていた。卵のとろみではなく、うどん粉で固めていたのだ。でも私にはそんなことはどうでもよかった。バニラの香りがして黄色くて甘ければそれで満足だった。

ポテッと固いうどん粉クリームは、気をつけて口に運ばないとそのままポテッと地面に落っこちてしまう。じっさい、一〇回に一回ぐらいは落っことすのだ。そのときの恨めしさといったらない。地面にべちゃっと張りついたクリームを未練がましく眺めていると、どこからか蟻（あり）がやってくる。触角でクリームをちょちょいとつついたりしている。私は腹が立って、運動靴の先で蟻を踏みつぶそうとする。すると靴の先にクリームが付いて、とんでもないことになるのだった。

そんな私が本物のシュークリームに出会ったのは小学校五年のとき、組替えで高円寺駅北口の和菓子屋の息子、Sとクラスメイトになってからであった。Sの店は高円寺では高級な和菓子屋で、和菓子のほかにシュークリームも売っていた。ほかに洋菓子を売っていたわけではなく、シュークリームだけを売っていたのだ。

Sの家に遊びに行ったとき、Sの母親がそのシュークリームを出してくれた。ひと口食べて、私は気が遠くなる思いだった。世の中にこんな旨いものがあるなんて、と思った。ふにゃっと頼りない皮から飛び出したカスタードクリームが口の中でとろけて、卵の味がして、バニラのいい匂いが鼻に抜けた。それは駄菓子屋のベビーシューとはまったく別の食べ物であった。

　Ｓと私は親友になった。Ｓはいいやつで大好きだったが、Ｓの家に遊びに行くと出してくれるシュークリームもじつにじつに大好きだった。私がＳの家に遊びに行くときは半分以上シュークリームに期待していた。Ｓの部屋に通され、皿の上に載ったシュークリームをＳの母親が持ってきてくれることを期待していた。ある日、私はいつものようにシュークリームに釣られてＳの家に遊びに行った。だが、いつまでたっても楽しみのシュークリームが出てこない。今日は忘れていると思って、「きみんちのシュークリーム旨いんだよな」と言うと、Ｓは、

「あ、ごめん。今日はシュークリームが全部売り切れちゃって一個もないんだ」

と言う。私は「えーっ」とガッカリした声を出した。出さずにはいられなかった。するとＳは「あ、そうだ。ちょっと待ってて」と言うなり部屋から出て行き、しばらくすると大きな皿に山積みになったシュークリームを両手で持って戻ってきた。

「今日は追加を作ったんだよ。好きなだけ食べろよ」

「えっ、本当？　ほんとにいいの？」

「もちろんいいよ」

Sがニコニコと言う。私は積み上がっているシュークリームを一個取った。あれ、いつもよりも軽いなと思ったが、考えるより食べたい気持ちのほうが先走ってシュークリームに齧りついた。ところがところが、シュークリームに中身が入っていないのだ！ Sは中身の入っていない皮だけのシュークリームを持ってきて、私をからかったのであった。そして私は見事にひっかかったわけだ。

それにしても、シュークリームは皮だけだともそもそしているだけで味もそっけもない。かといって、中身のカスタードだけスプーンで掬って食べる気も起きない。最近流行のカリカリタイプの皮にトッピングされたナッツやカラメルは、おそらくそうした味もそっけもないのをカバーするための工夫なのだろう。だが、私たちの世代にはそういう工夫を潔しとしない連中が多いようである。味もそっけもないものが、何かと組み合わさって表舞台に躍り出る――シュークリームにはそんな夢がある、ような気がする。

みかん　「おししぱくぱく」「コッケラコッコッコー！」

冬はみかんの季節である。

運動会の頃は青かったみかんが、秋の深まりとともに黄色くなり、値段も安くなる。一二月に入れば果物屋の主役は誰が何と言おうとみかんだ。今はビニール袋に入れて売られることが多いみかんだが、私の子供時代はどの果物屋もみかんを店先に山積みして目方で売っていた。ただ山積みにすると崩れるから、丁寧に丁寧に三角山に積み上げた。乾物屋のわが家の隣にあった果物屋でも、前掛けした店員のお兄さんが丁寧に丁寧に積み上げていた。商品を並べるというより、どこまで積み上がるかを試して楽しんでいるようでもあった。私はいつも横でドキドキしながら見ていた。あんなに高く積み上げて、今日こそは崩れるんじゃないかとドキドキするのだが、三角山は崩れず、どんどん売れて夕方にはまた土台だけになってしまう。高く積み上がれば上がるほど、みかんも美味しそうに見えてくるから不思議であった。

　わが家では、毎年正月が近づいてくると、三角山の隣の果物屋からみかんを箱で買った。買ったら寒い廊下に置いておく。みかんは冷えているに限る。こたつの上に置いて温まったみかんのしまりのない味といったらない。箱で買うと、家族のみんなはどんどん食べた。みかんをどんどん食べていいのが年末でありお正月であった。

　中でも明治生まれの祖母はみかんが大好きだった。祖母は私が中学二年のときに脳溢血で亡くなったが、典型的なもったいないばあさんだった。包装紙、余り布、木箱、小箱、古くなった洋服などを、捨てることができずに押し入れや簞笥の中に溜めていた。「こんなもの捨ててしまえ」と父親が怒鳴っても、祖母はぜったいに捨てなかった。食べ盛りの子供だった私が食パンにジャムをちょっと多めに塗ると、すぐに「もったいない、ジャム塗りすぎだよ」と、もったいないが飛んできた。その祖母が、冬になると、みかんだけはもったいないの「も」の字も言わずにいくつもいくつも食べるのだ。

　本当に祖母はみかんを美味しそうに黙々と食べていた。それも早く食べたいからといって焦るのではなくて、みかんの皮をゆっくり剝いて、みかんの袋に残った白いモロモロを指先できれいにとって、芯を右手の人差し指と親指でつまみ、口の中に入れ、袋はちゃんと残して、みかんの皮の上に置いた。

それはひとつのみかんの儀式だった。最初から最後まで慣れていて無駄がなかった。映画のワンシーンを見ているようであった。そうやって、祖母は一度に五、六個は食べていた。多いときは一〇個ぐらいぺろりと食べた。だから年末から年始にかけて、祖母の手のひらはしょっちゅう黄色くなった。そんなに食べたら体に悪いと母親は心配し、父親は怒る。祖母は手のひらを隠すようにして小さくなる。そして嵐が過ぎ去ると、またみかんの儀式をはじめるのである。

こうなるとねじめ少年の出番である。私は母親の言いつけで、祖母が今、何個目のみかんを食べているのか見張らなければならなかった。

祖母がみかんを食べはじめると、店番中の母親に「おばあちゃんはこれで三個目だよ」と報告しに行った。すると母親は茶の間にきて「おばあちゃん、みかんはそれぐらいにしといてくださいよ」と言う。

「三個目じゃないよ。二個目だよ」

「正一が三個目って言いましたよ」

「数え間違えたんだよ。正一は算数ができないからね」

「おばあちゃん！　そこに皮が二個分あるじゃないですか」

そのときの祖母のえへらえへら顔は今でも覚えている。

「あら、言われちゃった」と「みかんぐらい好きに食べさせてもらいたいもんだ」と「心配させちゃって悪いねえ」が三つ巴になったのを、照れ隠しのオブラートで包んだ顔つきであった。とりあえず母が注意すれば、祖母がみかんを食べるのは止まった。

それほどまでにみかん好きな祖母であったので、みかんだけは私が小さな頃から剝いて食べさせてくれた。みかんの皮を剝いて房からひとつ取り、白いモロモロを全部丁寧に取ってから芯のスジを爪で切り取り、ぱくっと裏返しにするとみかんの中身が飛び出てくる。

「ほら、おししぱくぱく」

ばあさんは裏返した房をぱくぱくと動かした。なるほど、その動きは正月の獅子舞が口をぱくぱくさせる動きにそっくりだった。ばあさんの「おししぱくぱく」を聞くと、みかんのお正月気分に獅子舞のお正月気分が重なって浮き浮きした。

それにしても「おししぱくぱく」とはかわいい言葉だ。祖母が自分で考え出したのか、誰かから教えてもらったのかは定かではないが、みかんといえば「おししぱくぱく」が口をついて出てくるほど、言葉が生きて動いていた。

祖母が亡くなり、私や弟が大きくなって、「おししぱくぱく」はねじめ家から途絶えてしまった。父も母も祖母のようなみかん好きではなかったし、いつも忙しくて祖母のように「おししぱくぱく」と言う余裕がなかった。祖母の「おししぱくぱく」はいつのまにか絶滅してしまったのだ。

が、二〇年経って、ねじめ家には新しいみかん言葉が入ってきた。「コッケラコッコッコー！」がそれだ。

「コッケラコッコッコー！」はオクサンがねじめ家に持ち込んできた言葉である。私が小さな頃、祖母がみかんを剝いて袋を裏返し、「おししぱくぱく」と言いながら中身を食べさせてくれたように、うちのオクサンは幼稚園に通う娘に「コッケラコッコッコー！」と言いながらみかんを食べさせた。オクサンは自分が小さな頃、母親が「コッケラコッコッコー！」と言いながらみかんを食べさせてくれたのを憶えていて、それを自分の子供たちにやっていたのだ。

　オクサンが「コッケラコッコッコー！」と言わないと娘はみかんを食べないのであった。私はオクサンの叫ぶ「コッケラコッコッコー！」を聞いているうちにねじめ家の「おししぱくぱく」を思い出した。みかんをひと房取って割ると、オクサンの「コッケラコッコッコー！」に割り込むように「おししぱくぱく、おししぱくぱく」と叫びながら娘に差し出したのだが、娘はきょとんとした顔つきをするばかりなのだ。ねじめ家のみかんの呪文は通じなかった。がっかりした。「おししぱくぱく」の「おしし」が娘にはよくわからないらしいのだ。一九八〇年代、正月になっても獅子舞はこなくなっていた。

　その点、裏返したみかんをニワトリのトサカに見立てた「コッケラコッコッコー！」はわかりやすい。剝いたみかんをひと房食べさせるたびに、オクサンは「コッケラコッコッコー！」と叫ぶ。娘も真似して「コッケラコッコッコー！」と叫ぶ。そうやって条件反射のように「コッケラコッコッコー！」「コッケラコッコッコー！」と叫んでみかんをどんどん食べているうちに、娘はどんどんみかん好きになった。まるで祖母のみかん好きが曾孫の娘に突然あらわれたかのようであった。

娘は幼稚園の頃から、放っておくと祖母と同じように五、六個はぺろっと食べた。次の日は祖母と同じように手のひらが黄色くなった。「そんなに食べたらダメ」と叱られても、娘は食べるのをやめなかった。うちのオクサンは心配して、さらに激しく娘を叱った。すると娘は、ついにみかんをトイレに隠しはじめたのであった。

最初はわからなかったのだが、娘の手のひらが黄色くなっているので、おかしいなと様子を見ていたら、娘のトイレがやけに長い。ひょっとして、と思ってトイレの物入れを開けてみたら、トイレットペーパーの後ろにみかんがどっさり隠してあった。

その娘も今は二六歳になった。成長すると食べ物の好みが変わるが、今でもみかんは家族の中でいちばん好きである。先日「コッケラコッコッコー！」を憶えているかと娘に訊ねたら、即座に「あったりまえじゃない」と言葉が返ってきた。

「あのコッケラコッコッコー！　は忘れようと思っても忘れられないわ。今でもみかんを食べるたびにちゃんと思い出すわ」

念のために「おししぱくぱく」はどうかと聞いたら、こっちはまったく憶えていなかった。だが、この私がはっきり憶えているからそれはそれでいいのである。何かを食べさせたり、何かをしてやったりするときに、親がいろいろ楽しい言葉の知恵を絞るのはすてきなことである。子供にその言葉の響きが一生残っているなんてすてきなことである。

さて、読者の皆さんは、みかん言葉をお持ちだろうか。親御さんから受け継いだ言葉、自分で発明した言葉、子供たちが大喜びする言葉。「うちではこんなこと言いながら食べてます」というみかん言葉があったら、ぜひ編集部までご一報願いたい。「おししぱくぱく」や「コッケラコッコッコー！」以外にもまだまだ面白いみかん言葉がありそうで、おおいに期待するねじめである。

おでん　〝うち〟より〝そと〟で食べるもの

先日テレビのニュースを見ていたら、「コンビニおでん戦争」というのをやっていた。コンビニのレジ脇で湯気を上げているおでんは、今や他店との差別化を図る目玉商品なのだそうだ。

考えてみるとたしかにそんな気もする。かく言う私も仕事場で小腹が空いたときなどしょっちゅうコンビニおでんを食べるのだが、近場のAコンビニより、少し歩いてもダシの旨いBコンビニのおでんを買いに行く。ただしBコンビニは深夜になるとダシが煮詰まってきて味が濃くなるうえに種(たね)の種類が減ってくるので、反対方向のCコンビニまで足を延ばす。コンビニおでんは同じ系列店でも一店一店味が違うのが面白いところで、流行(はや)っている店でも回転が速すぎて味が染み込んでいない店もあれば、種を入れる時間をちゃんと計算して、いつ行っても味の具合がいい店もある。店主の企業努力の差が大きいのである。

コンビニおでんが普及して、見なくなったのはおでんの屋台だ。私は中学を卒業するまで野球少年であった。冬は真っ暗になるまで野球をやっていた。冬の野球はとにかく手が寒い。手の指がかじかんで、息でハアハア温めながらボールを投げた。日が暮れると温度が急に下がり、手ばかりでなく体も冷えてきて、何よりお腹が空いてきて、野球に集中できなくなる。その腹ペコのタイミングを計るようにチリンチリンと鐘の音がする。屋台のおでん屋である。私たちは野球を中断して屋台に突進した。屋台のおでん屋のおやじは子供の扱いには慣れていて、どこか紙芝居屋の雰囲気を持っており、塩辛声で冗談を言いながら小銭と引き替えに串に刺したおでんを手渡してくれるのだった。サラリーマンの帰宅時間には少し早い夕方五時、子供たちが遊んでいる空き地をターゲットにして商売をしていたのだから、今思えばなかなかの商売上手だった。

当時のおでんの値段ははっきりと覚えていないが、子供の小遣いでも買えることができたのは確かだ。マンガ「おそ松くん」のチビ太が持っていたおでんはコンニャク、がんもどき、ちくわだったが、我々野球仲間はチビ太ほど小遣いを持っていなかったようで、食べていたのはたいていちくわだった。ちくわが屋台のおでん屋の人気ナンバーワンであった。こんぶやコンニャク、大根は栄養がないようで損した気がするし、がんもどきは汁がじゅっと出て食べにくい。そこへいくとちくわは食べ応えがあった。魚のすり身が入っているせいで、しっかりどっしりした感じだった。腹がくちくなるし、腹持ちもよかった。そんなわけで、子供の頃はおでんというと食べ物にはちくわのイメージしかなかった。ちくわこそがおでんであって、ちくわ以外の具は食べたいと思わなかった。

　子供の私は屋台のおでんのちくわは大好きだったが、わが家のおでんはあまり好きではなかった。わが家のおでんはいわゆる関東煮（かんとうだ）きであって、金色をしたアルマイトの大鍋に、さつま揚げ類いろいろ、ジャガイモ、コンニャク、大根、ちくわ、はんぺん、タコの足、ゆで卵、がんもどき、焼き豆腐が一緒くたにぐつぐつ煮えている。鍋は台所のコンロの上にあり（重くて食卓に運べない）、家族はいちいち立って自分の好きな具を皿に取り、食卓に戻って食べる。私はそれが面倒だった。腹ペコのときは何度も何度も立たなければならないし、一度にたくさん取ると途中でおでんが冷めてしまう。

　しかもわが家のおでんは好きなものを取るのがたいへんなのだ。屋台のおでんは鍋がちゃんと仕切られて整理整頓されているのだが、わが家のは大鍋に一緒くたに入っているので、好きな種を選ぶには上のものをあっちへどけ、箸（はし）で探り、探り当てたのを掘り返すようにして皿に運び上げなければならない。

　そうやってどけては探り、探っては掘り返すのを続けていると、当然ながらおでんはぐちゃぐちゃになる。大根はくずれ、ちくわはちぎれ、タコの足は串から外れて鍋底に沈殿し、がんもどきは切腹して見るも哀れな姿となる。こうなるとおでんはちっとも美味しそうではなく、というより汚らしく、おでん二日目ともなると、あの好物のちくわでさえも食指が動かないのであった。

　わが家のおでんでもうひとつ困るのは、おでんがお菜（かず）にならないことであった。おでんは中途半端に味が薄いので、ご飯を食べる気が起きない。といってお好み焼きのような「一食分食べた」という充実感、満足感からもほど遠い。おでんの日は海苔（のり）の佃煮（つくだに）やおかかでご飯を食べるのだが、損した気分はぬぐえない。

　そんなわけで、子供の私にとって家で食べるおでんは魅力的な食べ物ではなかった。ところが父親は、おでんの日はやけにうれしそうなのだ。匂いでわかるのに、台所の鍋の蓋を取って「お、おでんか」と言ってみたり、母親に「おでんには熱燗だよな」と催促してみたり、機嫌がいい。父親は商売が終わると酒を飲みに外出してしまうことが多かったが、おでんの日は夕食どきに家にいて、つみれだのちくわぶだのを肴に、うれしそうに日本酒を飲んでいた。

「何だ正一、ちくわばっか取って」

　私が何度目かにちくわを皿に取るのを見て、父親が言う。

「ちくわはな、猫またぎって言うんだぞ。猫もまたいで食わないってな。そんなまずいもの、よく食えるな」

「お父さんてば、また」

　父親の言葉に母親が口をとがらせる。

「うち（わが家は乾物屋であった）でもちくわを売ってるんですよ。商売ものにそんなこと言っちゃ困りますよ」

　父親が家にいるので母親は機嫌がよかった。おでんは子供の私には好きになれないおかずだが、両親にとっては夫婦和合の魔法のおかずなのだ。

そういう父親が好んで食べるのはちくわぶであった。ちくわとちくわぶは「ぶ」の字がつくかつかないかの違いだが、味も食感も全然違った。私はちくわぶが苦手だった。あんなねちょねちょした、食べているうちに口の中がべとべとしてくるような食べ物を父親はよく喜んで食べるものだ、と思っていた。そのちくわぶは母親もばあさんも大好きで、そのせいかわが家のおでん鍋は、初日は中身の四分の一ぐらいがちくわぶであった。

おでん鍋を掘っても掘ってもちくわぶばかりが顔を出すとき、私はイライラした絶望的な気分になった。父親がちくわの悪口を言うのも腹が立った。ちくわはおでんに入れても美味しいが、半分に切って天ぷら衣をくぐらせて揚げた揚げちくわも美味しい。薄く切ってお好み焼きに入れても美味しい。そのままむしゃむしゃ食べても美味しい。そこへいくとちくわぶはおでんに入れるしか能がないではないか。しかもおでん鍋の中でべろべろ溶けて、周りの具までねちょねちょさせる。ちくわぶはおでんの敵だ——子供の私はそれくらいちくわぶを憎んでいた。

だが不思議なことに、今の私はおでんのちくわぶが大好物である。煮込んでダシの味がしみ込んだちくわぶに、ゆるく溶いたからしをつけて食べるのが、おでんの具の中ではいちばんだと思う。ねちょねちょ、べとべとは「ねっとり、まったり」に感覚の格上げがされて、五〇代の私はちくわぶこそがおでんの真骨頂だと主張して止まないのである。……というようなことを娘に言ったら、「それって単に年取って、歯を使わずに食べられるものが好きになったんじゃない」と鼻で笑われた。失礼なやつだ。私は虫歯はあるが総入れ歯でもなし、せんべいだってスルメイカだってまだちゃんと食べられる。まだ二〇代で元気もりもりの娘には、ちくわぶの持つ滋味がわからないのである。

それにしても、おでんはやはり家で作るより、外で食べたり買ってきたりするほうが確実に旨い食べ物ではないだろうか。コンビニのおでんしかり、屋台のおでんしかり、銀座名店の板前さんが包丁でさっと切って盛ってくれるおでんしかり。おでんの極意は仕分けと煮込み時間である。散らかすと確実にまずくなるし、煮すぎても煮が足りなくてもまずい。

そういえば一〇年ほど前、わが家で編集者三、四人を招いておでんパーティーをしたことがある。うちのオクサンは店をやっていて忙しいので、おでんなら簡単でいいということでこしらえたのだが、オクサンは鍋を火にかけてほったらかしてしまい、その間にジャガイモが溶けてダシが濁ってとんでもなくひどい味になったことがあった。私はひと口食べてあまりのまずさに頭に血がのぼり、台所にいたオクサンを怒鳴りつけかけたが、いやいや、そんなことをしたらまずいの「ま」の字も言わずに、我慢して食べている編集者をかえって困らせるだけだと、やっとの思いで怒鳴るのをこらえたのだ。私が人前でオクサンを怒鳴ろうと思ったのはこの一回だけであった（人前でないときはもちろん怒鳴り合っているので念のため）。今思えば、あのとき怒鳴り散らさなくてよかった。もし怒鳴っていたら、編集者諸君の困惑もさることながら、うちのオクサンに一生恨まれていたであろう。わが家でおでんをするたびに、おでんのジャガイモのことで人前で怒鳴られたことを思い出し、「だからあなたは」と言われただろう。

いやはや、おでんはやはり、外で食べたり買ってきたりする食べ物であることに疑いの余地はない。

第三章　本気の味

本枯節（ほんかれぶし）　カビが作る極上のダシ

中央線高円寺（こうえんじ）の乾物屋の倅（せがれ）として生まれたおかげで、鰹節（かつおぶし）とは兄弟みたいなものである。

小説にも書いたことがあるが、わが家では夜寝る前に母親が鰹節を洗い、翌朝ばあさんがせいろでふかし、父親が削り機で削り、私がふるいにかけて粉がつおを作るというのが小学校時代からの朝の日課だった。朝、ひとしきり鰹節とお付き合いしてから学校へ行き、帰ってくれば六歳年下の弟と鰹節の木箱に紐（ひも）を付けたので電車ごっこをしたり、虫の食った鰹節を刀がわりにチャンバラごっこをしたりして遊ぶ。空の木箱はまだしも、商売ものの鰹節を遊び道具にするのは親に見つかれば大目玉である。だが、固い固い鰹節はチャンバラごっこにはじつに都合がよかった。あれで頭を一発殴ると、弟はすぐにビーッと泣き出して私の言うことを何でも聞いた。

ひとしきり遊んだあとの夕食はばあさんが削り滓でダシを取ったうどんである。近所で売っていた、もちもちっとした柔らかめのうどんは削り滓で濃く取ったダシとよく合った。油揚げを刻んで入れたり、揚げ玉を浮かせたり、ときには張り込んで卵を落としたり、ばあさんはいろいろと工夫していたがうどんはうどんだ。

「またうどんか」

二、三日続くと父親はうんざりした顔になった。四日、五日と続くと「どうにかならないかね」とばあさんに文句を言った。

「だからどうにかしてるじゃないか。油揚げ入れたり、煮込みにしたりしてさ」

骨がらみ倹約が身についたばあさんはなかなかしぶとかった。言い募られて父親はかんしゃくを起こした。

「何度言ったらわかるんだ。うどんなんかじゃ腹に力が入らない。重い荷も持てやしない。こんなもの食ってたら商売にさしつかえるんだよ！」

怒鳴ったあげくちゃぶ台をひっくり返したこともある。ばあさんが悲鳴を上げ、弟が泣き出し、店に残っていた母親が「お父さんやめてください」と茶の間に飛び込んでくる。まるでテレビのホームドラマである。私はといえば、連日のうどん責めよりもばあさんと父親の喧嘩のほうがうんざりであった。この二人、親子だけあって強情なところも口が達者なところもじつによく似ていた。それにしても子供の頃の食べ物の影響は大であって、私は今でも蕎麦よりはうどんのほうが好きである。関西生まれのうちのオクサンによると、うどんつゆのダシは昆布で取るのが本式らしいが、私の好みは鰹ダシで、醤油も薄口ではない関東風のを使ったものが旨いと思う。

わが家の中で鰹節の占める経済効果は大きかった。一家総出でこしらえた削り節や粉がつおは美味しいと評判でよく売れたし、結婚式場に毎月のように引き出物用の鰹節を納めていたので、その売上がいちばん大きかった。結婚式場様々だった。

父の代から乾物屋になったわが家は、鹿児島や土佐といった超一流どころ産の鰹節は扱えない。焼津産を中心に、房総や宮城など種々雑多な節を仕入れていた。しかし結婚式の引き出物に納める鰹節は上等品であった。形、傷のあるなしからカビの付き具合まで、父親が一本一本舐めるように吟味して間違いのないようにしていた。ちょっとでも気を抜くと取引停止ということもある。日本橋まで行かずとも老舗の乾物屋はたくさんあった。新参者としては誠心誠意が唯一の武器ではあったのだ。

一方、削り節に使う鰹節は玉石混淆である。運ぶ途中で割れて引き出物にならない節や、値の安い節もみな一緒に削り節にして売っていた。鰹節はカビで決まる。カビ付けを何度もすることによって、鰹の持っている脂分を分解させ、水分を吸収させて、鰹ダシ特有の澄んだ味覚を作り出すのである。値の安い節はこのカビ付けが中途半端なのだ。おしるし程度にしかカビを付けなかったり、ひどいものになると「本当にカビを付けたの?」と疑わしくなるような真っ黒い顔をしている。こういう節は入ってくる木箱を見ればわかる。脂がしみ出しているし、開けて触ると手が脂でべとっとする。

しかし昭和三〇年代の町の乾物屋の売る削り節はこういう鰹節が入っていたほうがよかったのだ。臭みもあり、味もくどくなるが、高度成長時代の庶民の味覚には洗練とはほど遠いこの雑味のあるこってり感が好まれたのだ。少し古くなって色の変わった醤油で「おかず」を煮るための削り節、とでもいおうか。わが家の削り節はおかみさん連中に「少しでも味の濃いダシが出る」と喜ばれた。

もっとも当時でも味にうるさい人は削り節は買わなかった。そういう人は鰹節削り器を買って自分の家で削った。どこの家庭でも鰹節を削るのは子供の仕事だった。シャカシャカシャカシャカ削った。鰹節には目があって、目と逆方向に削ると薄く削れずにガリガリと砕けてしまう。削って小さくなってきたら気をつけないと、鰹節ではなく指を削ってしまう。初夏からは箱に虫が湧くから、使い終わったら毎日干して隅々まで古歯ブラシで掃除しなければならない。しばらく使ってカンナの切れ味が鈍ったら刃を研ぎに出す。師走の声を聞くと、わが家にも削り器が次々に持ち込まれた。父親は夜、店を閉めたあとに削り器から刃を外して流しで研いだ。削り器を持ってくるお客さんは、ちゃんとカビ付けした高級な鰹節を買ってくれるお客さんだから、父親としても気合いが入るのであった。

　私の小説『高円寺純情商店街』の中に、主人公の家の乾物屋が得意先の結婚式場を日本橋の老舗に取られそうになるという話が出てくる。この日本橋の老舗のモデルは「にんべん」である。去年、ひょんなきっかけで「にんべん」の三代目当主高津伊兵衛を主人公にした小説を書きはじめた。その取材で、にんべんの専務、秋山洋一氏に案内されて西伊豆の田子へ鰹節作りを見に行った。田子には江戸末期から明治初期の古式鰹節製法を今も忠実に守っている鰹節製造家が何軒かある。その製法をとくと拝見しようというのである。

「田子で作っているのは本枯節といいましてね」

事前に講義してくれた秋山氏は背が高く痩せていて、よくよく枯らした鰹背節のようなお方である。

「本枯節というのは、焙乾（いぶして乾かすこと）のあと、四番カビか五番カビまで付けた鰹節のことです。ここまでくると鰹の不純物はほぼ全部カビに分解されます」

比べてみてくださいと言われて、本枯節のダシと三番カビまでの枯節のダシを飲み比べてみた。味がまったく違う。枯節のダシはこっくりした深みの奥にごくわずかに酸っぱ味を感じるが、本枯節のダシはどこまでも丸く透明な感じがする。澄んだ旨味だけがあって、突出したところがまったくないのである。

「本枯節のほうがあっさりしていますね」と言うと、秋山氏は大きな目をぎょろりと動かしてうなずいた。

「飽きがこないのです。旨味は強いのですが、雑味がいっさいないので強さを感じさせないのです」

いやはや、乾物屋に生まれて毎日毎日鰹の削り滓でダシを取ったうどんを食べてきた私でさえも驚く鰹節が、この世に存在していたのだ。

本枯節を味わってからの田子の鰹節の旅は実り多かった。浜から続く急な坂道を上がって、本枯節を作っている二軒の工場を訪ねた。二軒とも家族総出で働いていた。鰹節作りは手間と時間のかかるたいへんな作業だ。二家族は皆で手分けして、ゆったりと仕事をしていた。この豊かな気持ちがなければ本枯節はできないと思った。そして何よりも、いいものを当たり前のように作っている田子の人たちの心意気がいい。特別の物を作っているんだぞという意識ではなく、昔からやってきたことを同じようにやっているのだという自然さがある。その田子の鰹節作りを大切にして、鰹節の味を改革しているにんべんも、同じように、先祖が大事にしてきたことを大事にするのだという当たり前の感覚がある。

それにしても、田子といえば長嶋一茂クンのヤクルト時代、現役選手だった落合監督に指導を受けた土地である。帰りがけ、二人が練習したという中学校の校庭の前を通りながら、彼らも田子の本枯節を食べたのだろうかとふと思った。

米　もちもちで夢ごこち

現代詩人の北村太郎さんを主人公にした小説を書いた。北村さんは、友人の奥さんとの恋愛問題をきっかけに長年勤めた新聞社を定年間際で辞め、家出して詩と恋にふけるという、ドラマチックな後半生を送った詩人である。

その北村さんの娘さんにお目にかかったとき、印象的な話をうかがった。家出した北村さんのアパートを、ある夜、娘さんがふいに訪ねたときの話だ。北村さんは遊びにきていた若い友人とちょうど夕食を食べるところだった。学生が住むような古いアパートで、カップ酒の空きビンを灰皿にするような生活で、ご飯のおかずは京菜の漬物だけで、それを二人で「旨いな、旨いな」とか言って食べていた。

「私、何かホッとしたんですね」

そのときの気持ちを、娘さんはこんなふうに話してくれた。

「ていうのは、父の食べているお米が上等だったんです。ピカピカ光っていて……たぶん自分で買ったのじゃなくて、教えていたカルチャースクールの生徒さんから頂いたお米だったと思うんですけど、ああ、お米だけはちょっと贅沢なものを食べているんだな、というのが救いでした。今でも記憶がはっきり残っています」

つややかに光る飯つぶ、茶碗を持つ手のひらに伝わってくる熱さは、家出して一人となった初老の男の孤独を消し去るほど豊かなものである。炊きたてのご飯の香りや、もわっと立ちのぼる湯気は人を幸福な気分にする。これこそがお米の功徳だ。父、北村太郎の食卓に上等のお米があるのを見て、娘さんがホッと安堵した気持ちもよくわかる。

かくいう私にも、北村さんと同じようにお米を送ってくれる友人がいる。一人は山形県、酒田在住の蕎麦打ち、阿蘇孝子さん、もう一人は富山県、高岡で天保年間から続く和菓子屋、大野屋の一三代目、大野隆一さんである。

阿蘇さんが送ってくれるのは庄内米の「はえぬき」だ。はえぬきはご飯の粒が立っているというか、わりとしっかりした感じに炊きあがる。冷めても美味しいのでおにぎりにするといいらしいが、わが家ではオクサンも働いていて忙しく、おにぎりを作るヒマがないので、冷やご飯はたいていお茶漬けである。このお茶漬けが旨い。米によっては熱いお茶をかけると米臭さが鼻についたり、お茶を吸い込んでベチャッとしたりするが、はえぬきのお茶漬けはさらさらと食べられる。

いつだったか、阿蘇さんに電話でお米のお礼を言ったついでに「あのはえぬき、山形でも特別なはえぬきなの？」と聞いたら、「そんなことありませんよ。いつもうちで食べているふつうの米ですよ」と言われた。

値段を聞こうと思ったが、失礼なのでやめた。

でも、ふつうが最高である。東京では産地限定の超高級米全盛で、デパートに行くと××県○○地方のナントカ米とか、有機栽培のカントカ米とかが一キロ一〇〇〇円、一五〇〇円で売られている。私は美味しいお米は大好きだが、ここまで高いと面白くない。お米が嗜好品扱いされているというか、国民の生命をつなぐべき主食をもてあそんでいるというか、何かとても大切なものを冒瀆している気がするのだ。ふつうの米が美味しいというのはすばらしいことではないか。

思えば私ははじめて酒田へ行ったときから米と縁があったようだ。最初の酒田行きは一八年前、阿蘇さんが企画した詩の朗読会で、その会場が隣町・遊佐（ゆざ）の米蔵だったのである。夏の終わりのことで米蔵は空っぽだった。米のないその空間に、米の匂いが強く立ちこめていた。米の匂いというのは首の後ろ側が気持ちよくなる。酒の匂いのように鼻につんとくるわけでもなく、すうっと入ってくる。

しかも吸い込んだ分だけしか入ってこない。余計なものがないのだ。と同時にある種の懐かしさもある。記憶からくる懐かしさというより、記憶の奥の奥にある懐かしさである。米蔵で米の匂いを吸い込みながら、私は自分が元気になっていくのを感じた。しぶとい粘りのある元気だ。その元気のおかげで朗読会は大成功であった。今思い返しても、いちばんうまくできた朗読のひとつだったと思う。

酒田ではその後何回も朗読をしたが、米蔵は最初のときだけであった。

先日、テレビの仕事で酒田に行った際、私が一八年前に遊佐の米蔵で詩の朗読をやった話をしたら、プロデューサーが「じゃあ一八年ぶりに、山居（さんきょ）倉庫で朗読をやりましょう」と言い出した。山居倉庫といえば現役の米蔵であり、酒田観光の顔でもある。遊佐の米蔵がマイナーリーグなら山居倉庫はメジャーリーグだ。そのメジャーリーグのグラウンドで朗読できるとは最高の喜びである。

許可を頂いて山居倉庫の九番棟に入ると、たちまちあの米の匂いに包まれた。大きな倉庫の三分の一ぐらいに米袋が積み上げられていた。テレビカメラの前に座ると、私の横にも米が積み上がっている。後ろにも米が積み上がっている。妙に心が落ち着く。本番前の緊張感はあるが、どこかリラックスしている。こんなに楽な気分は久しぶりだ。本番、私は朗読を一発で決めた。米と私はやっぱり相性がいいのだ。

私に米を送ってくれるもう一人、高岡の大野さんは前はササニシキを送ってくれていたのだが、二年ほど前から「夢ごこち」に変わった。はじめて聞く品種だったが、袋を開いて驚いたのはその粒の小ささだ。小さい上に丸っこい。色も黄色みが強く、炊く前から「私もっちりしてます」という顔つきをしている。実際に炊いてみると期待を裏切らずもちもちのもっちり、その弾力のあること粘ることといったらまさしくビックリ仰天(ぎょうてん)であった。さっそく電話して「すごく美味しかった！」と報告すると、「ふっふっふ」と大野さんは笑うのである。

「ねじめさんは東京の水で炊いてるから、うちで炊くより味が落ちると思うね。こっちは水道の水が立山山系で、水の味が全然違うからねえ」

むむ、そうきたか！　大野さんはさらに続ける。

「それと、夢ごこちって旨いけど、もっちりしすぎてちょっと重くないかい。ササニシキと半々で炊くといいと思うな」

うーむ、さすが天保年間から続く和菓子屋の一三代目、味に対する感度は私の比ではない。だがしかし、しかししかし、私は夢ごこちのこのもっちりが好きなのである。どーんと胃の腑に納まる感じが充実感があって幸福なのである。私はこのところ炊きたてご飯に「本枯鰹節」の削り節をかけたおかかご飯に凝っているのだが、本枯節の滋味と深みのある濃厚な味にもっとも釣り合うのがこの夢ごこちだ。

少し前、歩いて二〇分ほどの米屋でこの夢ごこちを扱っているのを見つけた。これでもう、送ってもらった一〇キロ袋があと何日保つかという心配は不要になった。値段は一キロ四八〇円。米として妥当な、まっとうな値段だ。夢ごこちがますますいい米に思えてくる値段だ。しかも、この米屋の主人は配達してくれる。昔なつかしく自転車の荷台ではないが、五〇ｃｃオートバイのうしろに米を積んで配達してくれる。良心的である。

じつは私は高岡へも毎年通っている。八月に行われる「土蔵造りフェスタ」のイベントに参加するためである。今年は夢ごこち一本槍(いっぽんやり)で体力をつけ、夏の土蔵造りフェスタのイベントを山居倉庫の朗読並みに大成功させて、ササニシキ混合派の大野さんをビックリ仰天圧倒させてやろうとひそかに目論(もくろ)んでいる。

醤油　主役を生かす名脇役

「私がノーベル賞を与えるならば醤油をはじめてつくった人に与えたい」と言っていたのは赤瀬川原平さんであるが、私もまったく同感である。もしも醤油がなかったら、日本の食卓はずいぶんと味気ないものになっていたに違いない。

じつは昨日、オクサンと大喧嘩をした。原因は減塩醤油である。晩のおかずに珍しく刺身が並んだのだが、なな何とオクサンが小皿に入れたのは減塩醤油だったのである。そんなこととは知らない私は、好物のマグロの赤身に練りわさびをなすりつけ、小皿の醤油にチョイチョイと浸して口に入れた。

マグロ、わさび、醤油が渾然一体となった旨さに一度嚙み、日本人はやっぱり刺身だよなと二度嚙み、赤身は健康にもいいしと三度嚙もうとしたら何だかヘンだ。いつのまにか醤油の味がなくなって、刺身の生臭さが、もわあああっと湧いてきて、一度生臭いと思ったら口の中で温まった刺身の肉の感触まで気持ち悪くなってきて、しかたがないから口中に充満する生臭さと生温かさをぐぐっと喉の奥へ押し込んで、飲み込んで、脇にあったコップの水で後味を流し込むや、

「コレ何だよ！」

と、オクサンを睨みながら醤油の皿に指を突きつけた。

「どこの安売りで買ったんだよ。こんな味のない醤油があるかよ！」

私の剣幕にオクサンの眉がヒクッと上がった。

「これは減塩醤油よ。アナタこないだの健康診断で、血圧が高いから下げるようにって言われたじゃないの。だからアナタ用にわざわざ買ってきたのよ」

さあ、それからがたいへんであった。私がいかに健康に無頓着であるか、だらしがないか、注意するするといってその場限りであるか、そのくせオクサンには「俺の健康のことをちっとも考えてくれてない」と怒り散らすかを、次から次へ例を挙げて速射砲のごとく（かつ兵庫弁アクセントで）しゃべりまくるのだ。

「この醤油だってそうよ。健康診断から帰ってきたときに、親父も脳溢血で倒れたから

俺も危ない、これからは塩分に気をつけるって宣言したじゃないの。私の料理にも文句をつけて、味付けが濃いからいけないんだって、まるで私が病気にしたみたいなことを言ったじゃないの。だからわざわざ減塩醤油を買ったのよ。なのにその言い方は何よ！」

　こうなると私は黙るのみである。黙りはしたが減塩醤油と刺身の相性の悪さに変わりはなく、自分でもう一枚小皿を出してきて、ふつうの醤油で残りの刺身を食べたのはオクサンに対するイヤミでも無言の抵抗でもないのである。それにしてもまあ、たかが醤油の数滴が食べ物の味に何と大きな影響を与えることか、改めて感じ入った次第ではあった。

　日本人は醤油なしでは生きていけない。醤油なしの人生は考えられない。学者、小泉武夫さんが言っているように醤油は、発酵の力であり、日本人の知恵である。とすると、やはり赤瀬川さんが言うように醤油にノーベル賞か、少なくとも紫綬褒章ぐらいは上げてほしいところである。

　最近はご近所のスーパーでも日本各地の醤油が並べられていて、選ぶのが楽しくなった。関西の薄口、関東の濃口ぐらいは知っていたが、地方によって色や味、香りがさまざまなのに驚く。そんな中で私が「ああ、この醤油は旨いなあ」と感動したのは小豆島の山吉醤油であった。前の「そうめん」のときにも登場した小豆島はオリーブと映画「二十四の瞳」で有名だが、醤油の名産地でもある。じつは瀬戸内海のおだやかな気候が発酵食品の醤油にぴったりなのだ。

山吉醤油のあるじ、山本勘助さんは醤油醸造所の経営者というより学者のような風貌の方であった。その山勘さんに醤油ができていく工程をじっくり見せてもらい、最後に出来たてのほやほやの醤油を小指につけて舐めさせてもらったのだが、その旨いこと！　出来たてだというのに生っぽさも舌にツンとくる塩っぽさもなく、素直な旨味だけがじわじわと口の中に広がっていく。香りがすーっと鼻に抜ける。思わず「旨いなあ！」と声に出したら、山勘さんの学者のような顔がニッコリほどけた。

醤油はあくまでも調味料で、食べ物を生かすためにある。醤油が主役になってはいけないのはもちろんだが、食べ物よりも一歩でも半歩でも前に出たらもうダメなのである。それでいながら、食べ物の味にアクセントを加え、変化を与えて味に深みを出すという役割をも担っている。そのあたりの微妙なバランス感覚。

つまり計算がきちっとできていなければよい醤油とはいえない。そのうえで温度や湿度の管理、季節の変わり目などの自然との駆け引きも要求される。空気中に潜むバクテリアと仲良く付き合うことも必要である。

そう考えると醤油づくりはたいへん知的な作業であり、あるじの山勘さんが学者のような風貌になるのも当然なのである。

山吉醤油にすっかり惚（ほ）れ込んだ私は、わがねじめ民芸店でもこの醤油を売りたくなった。小豆島から戻ってすぐに話すと、実質的経営者のオクサンは最初は大反対であったが、私が持ち帰った山吉醤油を味わってからは「いいじゃない」とすぐに賛成してくれた。山吉醤油はあるじご夫妻と息子さんが手塩にかけてつくっている手づくり醤油だから、食の民芸品みたいなものである。だから民芸品屋の商品棚に、益子焼（ましこやき）の湯飲みや京（きょう）縮緬（ちりめん）の小物と並んで山吉の醤油瓶があってもしっくりとおさまって、違和感などないのである。

うれしいことに山吉醤油は評判がよかった。一度買ったら美味しかったからといって二度、三度買いにくるお客さんもいたし、友達に配りたいからと、重いのに四本、五本まとめ買いをしてくれるお客さんもいた。

　こうなると言い出しっぺの私はもちろん、オクサンまで鼻高々である。

「日本全国の醬油を集めた〝醬油バー〟なんてのはどうかしら」

「醬油だけじゃなくて、日本中のおいしい特産品を扱うのもいいわね」

「そうなったら店もねじめ民芸食品店に変えちゃえばいいし」

　オクサンの夢は広がる一方であった。

「そんなこと言って、仕入れはどうするんだよ」

「アナタ仕事で日本中出かけているんだから、あっちこっちで美味しいものに出会うでしょ。そのときついでに仕入れの交渉もしてくればいいじゃない。とくに地元の新聞社の人にきけばいいわよ。そうよ！」

　冗談ではない。講演旅行や取材旅行のついでに仕入れ交渉なんかできるものではない。とはいうものの、オクサンのアイデアにも一理はあった。グルメブームの今、地方の名産品もデパートに行けばたいていは手に入る。反対にデパートで買えないのは、山吉醬油のように規模が小さくてデパートでは取扱量が確保できないものだ。デパートは利益優先で息の長いお付き合いができないからと、デパートとの取引を好まないところも多い。そういうところとスキマ産業的にお付き合いができれば、なかなか面白いのではないだろうか。ねじめ民芸店は息の長さには自信がある。五年、一〇年、二〇年のお付き合いはザラなのである。

もっとも、このアイデアは実現する前にオシャカになった。肝心の山吉醬油さんが、ご主人がお亡くなりになられたことや、さまざまなことが重なって醸造所を畳むことになったからである。「食べたい」だけでなく「売りたい」までに私を感動させた山吉醬油がなかりせば、醬油バーもなく、ねじめ民芸食品店もない。そんなものはむなしいばかりである。

あれから二年。冷蔵庫に大切にしまってちびちび使っていた最後の山吉醬油もとっくになくなった。わが家の食卓にはつい最近の減塩醬油を含め、さまざまな醬油が登場しては消えて行ったが、山吉醬油のあとを埋めてくれる次なる醬油は残念ながらまだ現れない。

ヒゲタ醬油の年一回予約制「玄蕃蔵（げんばぐら）」の江戸風すっきり味も美味しいし、紀州湯浅（きしゅうゆあさ）

は三ツ星醬油の「コンプラ醬油」もなかなかのものである。

しかし、舌の記憶が神格化した山吉醬油のまろやかさがどうしても忘れられない。聞けば小豆島には「マルキン忠勇（丸金醬油）」などの醬油醸造所が数十社あるそうである。時間ができたら一度ゆっくり訪れて、山吉醬油のＤＮＡにつながる醬油を見つけ出したいというのがささやかな私の夢である。

蕎麦　教会通りの蕎麦屋にぞっこん

一〇年ほど前のことになるが、工業デザイナーから蕎麦打ちに転身した加藤晴之さんとテレビで対談していて、加藤さんから蕎麦打ちは一二工程かかると言われて驚いたことがある。もちろんすべての蕎麦が一二工程もかけて出来上がっているわけでもなかろうが、本格的にやればそれだけの手間がかかるわけである。

だが、食べるほうは手間ヒマ関係なくスルスルッと五分もかからず食べてしまう。蕎麦を食べるとは、じつは手間ヒマを食べることなのだ。贅沢といえば、こんな贅沢な食べ物もない。

私は下戸なので、行きつけと呼ぶほどの飲み屋はないのだが、一軒だけ、飲んべえの友人知人が阿佐ヶ谷にきたときに連れて行く店がある。先日、友人をその飲み屋に連れて行ったら、客の面々が蕎麦の話で盛り上がっていた。

「Hの蕎麦はやっぱり旨いよね」と誰かが言い出すと、

「いや、Hの蕎麦はたいしたことがないよ。Kのほうが旨いよ」

「えっ！　KよりもMのほうが旨いでしょ」

「おいおい、Mが旨いなんてはじめて聞いたよ。Mは最悪でしょ。環八（かんぱち）通り沿いのTならばわかるけど」

と、蕎麦屋の店の名前が行き交っていた。聞けばこの飲み屋の主人を中心にした「蕎麦の会」があって、日曜日ごとに東京の蕎麦屋を回っているというのだ。一日に四軒ほど回るという。それを聞いて思い出したのは、一年ほど前のある日のことだ。その日私は阿佐ヶ谷駅前で知り合いの詩人にばったり出くわした。その詩人は無口でとっつきにくい男なのだが、その日はニコニコして妙に愛想がいいのだ。

私が「阿佐ヶ谷なんぞに何でまた」と聞くと、「今日は蕎麦仲間と中央線の名店めぐりにきたんですよ」と言うのであった。見れば彼の後ろには連れが四、五人いて、皆ニコニコとうれしそうな顔をしている。あの日以来、私の彼に対する印象は変わった。蕎麦に夢中になっている彼がやけにかわいく思えてきたのであった。

さて、飲み屋での蕎麦屋談義である。私の友人も蕎麦好きなので、黙ってはいられないらしく、すぐに話に参加する。

「このあたりだと、荻窪（おぎくぼ）の教会通りを右に曲がった『美舟（みふね）』もいいですよね。蕎麦屋には珍しく女性の蕎麦打ちでね」

友人が言うと、皆がいっせいに私の友人のほうに顔を向けた。

「知らなかったな。その店、いつ頃荻窪にできたんだろう」

「オレも知らなかった」

「いや、オレも知らなかったよ」

地元の自分たちが知らなかったことに、みんな悔しがっているようである。当然のことながら私も知らなかった。

私が贔屓（ひいき）にしていたのは、近所では日大二高通りの「庵（いおり）」という店である。残念なことに閉店してしまったが、ここの蕎麦はほんとに旨かった。中でも冬の鴨南蛮（かもなんばん）は絶品で、ミディアムレアに火が通ったピンク色の鴨肉のやわらかさと旨味の濃さ、焼きネギの香ばしさ、鴨のあぶらの浮いた蕎麦つゆのコク、そのコクに負けない強さの、古武士のごとき風格を備えた蕎麦。ああ、思い出すだにツバが湧いてくる。

それほど旨い蕎麦を出すのに、庵はいつ行っても空いていた。私が行く時間が中途半端だったせいもあるかもしれないが、客が誰もいないことのほうが多かった。阿佐ヶ谷駅から遠いからか、バス通りでうるさく環境も悪く、こんなところに旨い蕎麦屋があるとは思えない場所だからだろうかと、行くたびにこちらが心配になるほどであった。その心配は的中し、店はなくなってしまったのだが、今考えても惜しくて惜しくてしょうがない。

贔屓にしていた店はもう一軒、荻窪の駅ビル、タウンセブンに入っていた「やぶそば」という店がある。この店には駅ビルにあるという気軽さでよく行った。席も多く、昼休みがないので、いつ行っても座れるのも便利だった。名店という雰囲気ではなかったが、蕎麦は旨かった。

あるとき、亡くなった杉浦日向子（すぎうらひなこ）さんとテレビの仕事でご一緒した際、私は杉浦さんが蕎麦好きなのを知っていたから、「蕎麦はどこがいちばん旨いですか」と聞いたら、杉浦さんは、

「ねじめさんは阿佐ヶ谷ですよね。阿佐ヶ谷あたりだと蕎麦はいつもどこで食べているんですか」

と聞いてくるではないか。

「荻窪のタウンセブンにあるやぶそばです」

と答えると、

「あら、やぶそばは私もときどき行くんですよ。美味しいですよね。私の好きなお蕎麦屋さんのベスト5に入ります」

と言われたのであった。それを聞いてひどくうれしかった。近所でふだん食べている蕎麦が杉浦さんの舌にも旨いと感じられていたのだ。わざわざ遠くに出かけて行かなくても、自分が旨いと思って食べていればいいんだと、つくづく思った。

だが、そのやぶそばは庵がなくなるより前に汐留に移転してしまい、店の従業員たちの「いらっしゃーい」という独特の挨拶も聞けなくなった。

庵が日大二高通りからなくなって以来、私は蕎麦屋難民となっていた。中央線の阿佐ヶ谷から西荻窪にかけては、ほかにも名店と呼ばれる蕎麦屋が何軒かあるが、量が極端に少なかったり、値段がべらぼうに高かったり、主人が求道者っぽいのがどうも苦手であったりで、ぴたっとくる店が見つからなかったのだ。そんなわけで、友人が飲み屋で言っていた、荻窪の教会通りにある美舟という蕎麦屋が気になって仕方がない。

だいいち、教会通りというのがよかった。教会通りといえば中央線の星・故井伏鱒二さんのホームグラウンドだ。教会通りを歩いていれば井伏さんに会えるんじゃないかと、うろうろしていたこともあった。井伏さんの通う馴染みの寿司屋にも何度か行ったが、井伏さんには一度も会えなかった。今は井伏さんの行きつけの寿司屋もなくなり、教会通りもすっかり変わってしまった。そんなこともあってこのところ教会通りから遠のいていたが、旨い蕎麦屋の登場とあっては行かねばなるまい。

　さっそく私は出かけた。教会通りを歩く。どんどん歩く。教会通りは道幅が狭くていい。歩いていて落ち着くのだ。ここらあたりかなと勘で右に曲がると、友人お薦めの蕎麦屋が静かにあった。自己主張するのでもなく、そうっと店が開いていて、私もそうっと店の戸を開けて入ると、「いらっしゃいませ」と女主人の声がした。女主人のせいか、店の雰囲気はやわらかかった。ゆったりと時間が流れている。蕎麦粉の匂いがしている。

この匂いが気分をゆったりさせるのだ。

せいろ蕎麦を頼んだ。かなり時間がかかって出てきた。待たされるとイライラするものだが、不思議に腹は立たなかった。出てきた蕎麦はぴしりと水が切れていた。細くてかどの立った、端正な蕎麦であった。量は多くはなかったが、少なすぎるというほどでもない。ちょい少なめ、これなら二枚頼まずに済むという程合いだ。例によってスルスルッと食べた。喉（のど）ごしのよい、香りのよい蕎麦であった。つゆの後味もよかった。女主人が相当に修業をして店を出したのがわかった。商売よりも、何とかお客さんに美味しい蕎麦を食べてもらいたいという一心さが伝わってくる。蕎麦の求道者のいやらしさがなく、一生懸命さがそのまま初々（ういうい）しさになっていて、思わず応援したくなってくる。

「ごちそうさま」とお勘定をしてもらったら、女主人が「お待たせして申し訳ありませんでした」と、本当に済まなそうに言った。（まだかなあ）と待つ私の気持ちを、調理場でちゃんと感じ取っていたのだ。

その言葉で、私はいっぺんにこの店のファンになってしまった。願わくば美舟が蕎麦のように細く長く続いてくれますように。女主人が蕎麦打ちに専念できるよう、いい従業員に恵まれますように。教会通りの奥にある東京衛生病院の教会に向かって、私は心からお祈りしたのであった。

そうめん　色白で繊細な大人の味

夏の食べ物といえばそうめんである。東京のあまりの暑さに食欲がやられているときも、ひんやり冷やしたそうめんだけは喉（のど）を通ってくれる。蕎麦（そば）ほどの蘊蓄（うんちく）も冷やし中華ほどの具も必要なく、ただするすると喉を通りすぎていくそうめんはいいものだ。身軽で手頃で分を心得ている。夏の日本の家庭になくてはならない食品という感じがする。じっさいのところ、夏休みに食卓のそうめんの前で「アーメン、ソーメン、ヒヤソーメン」と唱えなかった子供はいないのではないか。少なくとも私はそうだった。オクサンもそうだったと言うし、当然ながらわが家の二人の子供たちもそうだった。キリスト様にはまことに失礼だが、もし子供たちに孫が生まれたら、そいつらもやはり「アーメン、ソーメン、ヒヤソーメン」と唱えるだろう。

とはいうものの、私が子供時代に好きだったのはそうめんではなく冷や麦、それも蕎麦屋の冷や麦である。私の父親は俳句をやっていた。家業の乾物屋商いより俳句のほうをはるかに愛していた父親は、小学生の私が夏休みになると店番をサボるためによく私を連れて外出したが、その帰りには必ずといっていいほど蕎麦屋に寄った。当時は昨今流行の高級蕎麦屋なんぞはなかったから——いやあったのかもしれないが、私の父親はそういうところとは無縁だったから、連れて行かれたのはごくありふれた町の蕎麦屋である。神棚の横にテレビがあり、隅に段ボールが積まれているような蕎麦屋の店のテーブルにつくと、父親は私に「何でも好きなものを食え」と品書きをすべらせて寄越(よこ)す。私はちょっと考える振りをしてから「冷や麦」と言う。食べたいものは最初から冷や麦なのだが、品書きを前に〈ちょっと考える〉のが大人みたいでカッコイイと思った。

冷や麦は丸い浅い塗りの桶(おけ)に入って出てきた。透明なぶっかき氷が一つ二つ浮いており、その下の冷や麦がレンズを通して見るように歪(ゆが)んで見えた。真っ白い麺(めん)の中にピンクの麺と緑の麺が数本入っている。その色つき麺が外出気分を盛り上げて、私はワクワクする。さらに外出気分を盛り上げるのはチェリーだった。当時の蕎麦屋の冷や麦には、ぶっかき氷の横にカクテルに使うような缶詰のチェリーが一つ、細い軸もかわいらしくちょこんと載っていた。

「眺めてないで早く食べろ」

私がうっとりしていると、父親は酒を口に含みながらけしかけるのだ。

「冷や麦はそうめんと違ってコシが弱いからな。長いこと水につけておくとふやけてまずくなっちまう。そもそも、なぜそうめんがコシが強いかというとな……」

そう言ったあと、父親は機嫌のいい声でそうめんの歴史について述べた。冷や麦との違いについても述べた。そうめんの歴史は平安時代にまでさかのぼること、あの細い細い麺はすべて手で延ばしていること、中でも最高級なのは俳句の先生のところでご馳走になったことのある高級料亭の「白髪」というそうめんで、この「白髪素麺」ときたら名前のとおり細く透明であって、その喉ごしときたらするするを通り越してすうーっという感じであること。そこへいくと冷や麦というのは、

「機械で切ってる安物さ」

蕎麦屋の店内で冷や麦を前にして、酒でいい機嫌の父親は断言する。奥に聞こえそうな大声に私はひやひやする。

「でも赤い筋や緑の筋が入っているのは冷や麦だけだよ」

私が必死で冷や麦の味方をすると、父親は「子供騙しさ。それが安物の証拠なんだ」とますます機嫌よく、ますます大きな声になった。

「正一も今は子供だから騙されてもいいが、大人になってまで騙されたらただのバカだぞ。いいか、覚えておけよ」

その頃には私は冷や麦を食べ終わっていて、溶けて小さくなったぶっかき氷を何とか箸で捕まえようと必死になっている。ぶっかき氷を口に含むと、ようやく本日の冷や麦フルコースが終わるのである。

小学生も高学年になると、私はもう蕎麦屋の冷や麦にうっとりすることはなかった。もっと油っこい、腹にたまるものでないと満足しなくなっていたのだ。育ち盛りの少年には、冷や麦もそうめんもあっさりしすぎていて、年寄りの食べるもののように思えた。

そんな私がそうめんと再会するのは二三歳で結婚してからである。そうめんの大産地・播州に近い兵庫は甲子園生まれのオクサンは、家でよくそうめんを茹でた。それもスーパーで買ってきた揖保乃糸八束入りパックを一度に全部茹でてしまう。食べきれない分はザルのままラップをかぶせて冷蔵庫にしまい、次の日さっと洗ってまた食卓に並べる。これには驚いた。そうめん、冷や麦のたぐいは茹でたてを食べるものだと信じていたからだ。

「そんなことしたら、そうめんが延びてまずくなっちゃわない？」

気を悪くしないようにと遠慮がちに言い出した私の言葉を、オクサンは歯牙にもかけなかった。

「ならないわよ」

ひと言で片付けられた。

「播州そうめんは冷や麦と違ってコシが強いから、ひと晩おいても大丈夫。うちのお母ちゃんがそう言ってたわ」

前半は昔私の父親が言っていたのとほぼ同じセリフだ。だが父親はひと晩おいても大丈夫とまでは言わなかった。オクサンの自信たっぷりな言い方にちょっとカチンときた私は「そうかなあ」とやんわり逆襲した。「昨日食べたやつのほうがつるつるして美味しかったけどな」——

そのあとは読者のご想像どおりである。若くして結婚した私は、配偶者に食べ物の旨いまずいを言うときはよほど注意しなければならない、ということをその日学んだ。もっともオクサンの名誉のために言っておくと、彼女はそうめんを茹でるのがたいへん上手である。コツは茹ですぎないこと、茹で上がりを冷水でよく洗うことだそうで、とくに後者はそうめんの油臭さを抜くのにとても大事な手順らしい。かなり前になるが、テレビの仕事で小豆島(しょうどしま)のそうめん製造所を見学したことがある。両親と息子夫婦の家族四人でやっている小さな製造所であったが、プレハブの作業所に入ったとたんにごま油のいい匂いがぷーんとした。そうめんを延ばすときに、麺と麺がくっつかないように塗るのだそうだ。

そうめんは最初のうちは機械で延ばし、最後は手で、細い棒を使ってさばくように延ばす。人差し指ほどの太さのものを、延ばして延ばして延ばして私たちが食べるあの細さにまで延ばす。根気のいる、手間のかかる作業だが、この手間が大切である。いっぺんに延ばしては細くてコシの強い、喉ごしのいい麺にはならない。

製麺所の職人肌のお父さんは、作業所にテレビの照明が入ることを知るとちょっと困った顔をした。聞けばライトの熱でそうめんが乾きすぎてしまうというのだ。そうめんは朝、小麦粉に塩と水を合わせて捏ねるところからはじまるのだが、その日の天候、温度や湿度を予測して配合を微妙に変えるのだそうである。お邪魔した日はすでに配合は済んでいた。ライトの熱は予測外だったのだ。そうめんづくりがこんなに微妙なものであることを知って私は驚いたが、考えてみれば出来上がりがあの繊細さなのだ。わずかな狂いが食感の大きな違いとなるのは当然かもしれない。

延ばし終えて日に干したそうめんが瀬戸内の微風にそよいでいる風景は美しかった。干されてあるというより庭に飾られているようであった。

今わが家では、そうめんを茹でるのは私の係である。オクサンに教わったとおり、たっぷりの湯が沸騰したら麺をパッと放し、差し水一度で茹で上げる。水洗いも両手で丁寧にする。ただし茹でるのは一度に三把だ。三〇年間一緒に暮らす間に、そうめんはやっぱり茹でたてが美味しいとオクサンも納得したからである。オクサンのおふくろさんがまとめ茹でをしていたのは家業がパン屋で忙しく、食事の手間は一分でも省きたかったのと、夏の暑いのに火を使うのがイヤだったからである。

茹でるそうめんは小豆島のでも長崎五島のでも、もちろん播州産揖保乃糸でも美味しいが、ときどきはちょっと贅沢をして、父親が言っていた白髪素麵を食べることもある。私は熊本県から「雪の白糸」という名前のを送ってもらっている。女性の親指ほどの太さの束が一束二五〇円ほど、一人前二、三束は必要だから値段だけ見ると安くはない。しかしこの細さの麵を手でつくる手間を考えればべらぼうに安いとも思えてくる。この白髪素麵を茹でるときには、つゆもオクサンに頼んで干し椎茸のダシでつくってもらう。戻した椎茸は正月のおせち料理に入れるときのように甘み強めで煮て細く切り、一緒に食べても美味しい。しかしながら白髪素麵のいちばん旨い食べ方はつゆは付けず、醬油をちょっと垂らしてそのまま味わうのに尽きる。

　本当に旨いものは味付けが単純であればあるほど旨い。これはどんな食べ物にも共通した真理ではなかろうか。

うどん　ダシのきいたおつゆ、それとも生醤油

俳句の季語に蕎麦はいろいろあるが、うどんはないようである。『歳時記』を何冊かあたったが見つかったのは鍋焼きうどんだけで、新蕎麦、走り蕎麦、蕎麦掻き、蕎麦湯、蕎麦の花……と百花繚乱のおもむきのある兄弟分とはえらい違いだ。

　俳句の季語が多いからというわけでもなかろうが、昨今は文化的にも蕎麦のほうが上、という雰囲気すらある。蕎麦打ち職人は皆瘦せていて、求道的で、よい蕎麦を打つために信州や東北の蕎麦産地に引っ越したりする。店内は静かでおしゃべりなどできる雰囲気ではなく、客が蕎麦をすする音だけが、参禅中のくさめよろしく密やかに聞こえるばかりだ。

　では一方のうどんはどうか。こちらは蕎麦と違って元気がいい。何しろ踏むのである。うどん粉に塩と水を混ぜて大きな玉にしたのをビニール袋に入れて、ゴザをかけて、

えっし、えっしと踏むのである。

　うどん踏みには真っ白い調理服を着た、少し太めの、でき得れば色白めの職人さんが似合う。テレビの料理番組で、足の裏まで真っ白な清潔なソックスを履いた職人さんがリズミカルにうどんを踏んでいるのを見ると、私は自分がうどんになったような気がしてうっとりしてしまう。座業のせいで、私は背中のこりがひどい。あの職人さんに背中を踏んでもらったらどんなに気持ちがいいだろうと思うと、うどんに嫉妬したくなるほどだ。

　知人で休日にうどんを作るのが趣味の男がいるが、彼に言わせると「うどんは女には難しい」のだそうである。踏むくらい女性だってできるだろうと思うが大違い。うどん粉のグルテンの反撥力は半端ではなく、踵と足の裏を使って男の力でぐっぐっと踏み込まないと反撥力に負けてしまうのだそうである。

「俺、うどん打つようになってから腕がこんなに太くなっちゃってさ」

　知人がシャツの腕をまくって見せた。

「えっ。足で踏むのに何で腕が太くなるんだよ」

「踏むのは序の口なんだよ。それからがたいへんなんだよ」

踏んでコシが強くなったうどん生地を麺棒で延ばし、畳み、しばらく休ませたらまた踏んで延ばして畳む。こうすることによってどんどんコシが強くなり、グルテンの縮もう、まとまろうとする力も強くなり、最後は全身の力を込めて延ばさないと、生地が広がってくれないのだという。

「おかげで、うどん打った翌朝は筋肉痛よ」

「でもおやじが作った手打ちうどん、家族は喜ぶだろう」

「うーん、喜ぶのは女房だけかな。娘はお父さんのうどんは固くて食べるのが疲れるって言うし、息子はどうせならスパゲッティにしてくれって言うし」

「へえ。うどん、旨いのにな」

私は子供の頃からうどん好きである。家が乾物屋であったために、鰹節の削り屑をもったいないという思いがあって、祖母が削り屑でダシを取ったうどんをしょっちゅう夕飯に出したのである。近所で売っていたうどん玉はぷりぷり固いコシのある讃岐うどん系ではなく、もちもちっとした柔らかめのうどんで、削り屑で濃く取ったダシがよく合った。醬油は濃口を使った。上にはかまぼこを載せたり、油揚げの煮たのを載せてきつねうどんにしたりした。

　私はコロッケを載せるのが好きだった。前の日に買ったコロッケの冷えたのを、アツアツのうどんに載せると、じきにコロッケが汁を吸ってふっくらしてくる。だが衣があるから崩れないのだ。かろうじて身を持しているいじらしいコロッケを箸で割る。中身が溶けて汁が濁る前に、パッと口に入れる。あれはじつに旨かった。コロッケを食べ終えたあと、汁が少し油っぽくなってコクが出るのも、育ち盛りには栄養がある感じでよかった。

「そういえば今やってる『ＵＤＯＮ』っていう映画、なかなか面白かったぜ」

　知人が言う。

「讃岐うどんの話なんだけど、本物の讃岐うどんの店がいっぱい出てくるんだ。うどん好きなら見ておいて損はないよ」

　その言葉が耳に残っていて、先日出たついでに上映館に足を運んでみた。なるほどなかなか楽しい映画であった。ユースケ・サンタマリア演じるうどん屋の息子の主人公が、コメディアンを目指してニューヨークに行くが挫折（ざせつ）。香川県に戻って地元のタウン誌出版社に勤め、讃岐うどんのすばらしさをタウン誌に紹介する。それがきっかけでやがて一大うどんブーム到来となる。タウン誌の編集者がみんなで手分けして美味しい讃岐うどん屋を探し出すシーンには、本当に地元のうどん屋さんたちが出演していて妙なリアリティがあった。

　うどん屋といっても私がイメージする色白小太りではなく、おばちゃんやおばあちゃんが多い。割烹着（かっぽうぎ）を着たおばちゃん、おばあちゃんが、自分の家の台所のような調理場でうどんを作って食べさせている。もちろんおばちゃんたちは機械でうどんを延ばす。大の男が筋肉痛になるようなうどん作りだから、機械に助けてもらっている。その風景がほのぼのしていていい。おばちゃんたちが機械を触る手つきは、よく飼い慣らした農耕牛を撫（な）でるような手つきである。機械をかわいがっている感じが画面からつたわってきて、カメラを向けられて緊張気味のおばちゃんたちの表情もかわいかった。

　映画はやがてうどんの大ブームがやってきて、タウン誌も売れに売れまくり、大きなビルに引っ越したりして主人公の元コメディアン志望も勢いづくが、じきにブームは去り、本人も父親の死をきっかけに実家のうどん屋を継ぐことにするのだが、このあたりから話は人情物に変わってくる。人情物に変わってくると、今度は正しいうどん作りの話になってくる。

この映画の中に生醤油をうどんに直接かけて食べるシーンが何回か出てきた。中でも小泉孝太郎演じる都会の客が、彼女の前でエエカッコシイして醤油をどばどばかけて食べるシーンには、金子光晴が兵役逃れに息子に醤油を飲ませたエピソードを思い出してしまった。ああ、時代は変わったのだ。

一五、六年前に小豆島にテレビの仕事で行ったことがあった。四日間かけて小豆島の名産を紹介するのだが、一日目の醤油づくりがとくにすばらしかった。最後にその醸造所でつくった生醤油をうどんにかけて「どうぞ」と出してくれたのだが、正直言ってピンとこなかった。何か物足りないのだ。ネギを入れても物足りなさは変わらなかった。うどんはダシのきいたたっぷりのおつゆで食べるのが絶対に旨い。

ところが東京に戻って、関西生まれのうちのオクサンにその話をすると、

「うどんに生醤油ってさっぱりしていて合うじゃない」

と言うではないか。

「そうかなあ。俺は小麦粉系には生醤油は合わないと思うけどな。生醤油と合うのはやっぱり米でしょ。せんべいだって、お握りだって醤油つけて焼いたらすごく旨いよ」

「それはあなたの偏見よ。アツアツのうどんに生醤油を垂らすと、醤油の香りがぷーんと立って最高じゃない。醤油の良し悪しがあれくらいはっきりする食べ方ってないと思うけど」

オクサンの実家では、小腹が空いたときによくうどんに醤油を垂らして食べたそうである。うどんは最初から茹でると時間がかかるから、茹でた玉を買ってきてお湯に通して温める。

「油揚げの刻んだのや揚げ玉を入れて、刻みネギも入れて、醤油をチャッと垂らすのよ」

オクサンは熱心にしゃべっているが、私はちっともそそられない。関西人なら関西人らしく、昆布ダシのきいたうどんを食べたらいいじゃないかと、聞きながら思っている。

大阪は道頓堀（どうとんぼり）の「今井」のうどんは美味しかった。頼むとついてくるじゃこご飯（たしかさざ波ご飯という名前だった）も美味しかった。うどんを食べ終えた残りのつゆでご飯を食べると最高なのだ。

「けっきょくのところ」

オクサンが断定口調で言った。

「うどんに生醤油って、手っとり早くていちばん安上がりじゃない。今日び昆布だって高いのよ。利尻（りしり）だの羅臼（らうす）だのって言ったら目の玉が飛び出ちゃうんだから。毎日食べるものは安くて美味しいのがいちばん！」

いやいや安上がりなら絶対醤油焼きおにぎりでしょ、と言おうと思ったがやめた。

きっと少女時代のオクサンは、学校から帰って、「お腹（なか）空いた！」と大声で言いながらランドセルを放り出して、おふくろさんにうどんを温めてもらったことが数え切れないくらいあるに違いない。食べ物というのは子供のときから食べ慣れた味がいちばん美味しい。そしてそれには理屈なんかないのである。

肉まん　餡と皮から教わったこと

一二月の食べ物といえば肉まんである。誰が何といっても肉まんである。一二月という、せわしく寒くそこはかとなく淋しい季節に、肉まんほどピッタリくる食べ物はほかにない。

仕事場で徹夜した明け方、小腹が空いて近所のコンビニまで肉まんを買いに行く。明け方といっても一二月の五時、六時頃はまだ真っ暗である。冷え込みの中、カラスも飛んでいない中杉通りを歩いていると、徹夜の疲れでよけい寒く感じる。上着の襟元をかき合わせながらコンビニに入る。レジ脇の、湯気でくもったガラスケースをちらと見る。

「肉まん二つ……」

こんなときいちばんショックなのは「すみません、肉まん切らしちゃってるんですけど」と言われることである。寒い季節には肉まんがよく出るので、三回に一回は「切らしちゃってるんですけど」に当たる。切ない、という言葉はまさにこんなときのためにある。反対に、あることはあっても前の晩の売れ残りで、蒸気の水滴で皮がベトベトになった肉まんが出てくることもあり、これはこれでむなしいものである。

　しかしまあ、コンビニで二四時間気軽に肉まんが買えるようになったのはありがたいことだ。私の子供時代、肉まんは上等のショートケーキのようなものであった。年に何回か、父親が持って帰るお土産で食べるものであった。乾物屋の組合か何かの会合が中国料理店で開かれると、そのお土産が肉まんなのだ。もちろんふかしてなんかいない、冷たいままの肉まんだ。

　中国料理店の肉まんは紙箱に入っていて、持つとずしりと重かった。箱の肉まんのあたる箇所が湿気でふくらんでいた。蓋を開けると、上に皮がくっつかないための硫酸紙(子供たちはぶうぶう紙と呼んでいた。口に付けて吹くとぶうぶう音がしたからだ)がかぶさっている。硫酸紙をそうっとめくると、白く、つやつやで、ふっくらとした肉まんが横に寝かされて、八個きちんと並んでいるのだ。それを見ただけで唾が湧いてきた。

「早く、ねえ早く」

　私と弟にせがまれて、ばあさんがアルマイトの蒸し器をガス台にかける。湯気が立ってきたら固く絞ったさらしの布巾に肉まんを包み、間隔をあけて入れる。子供の私にはそれからの一五分か二〇分が永遠の時間のように感じられた。やがて肉まんが蒸し上がる。蒸し器から現れた肉まんは前より二回りほど大きくなっている。皿に載せた熱々の肉まんをあちち、あちちと割ると肉のジュースがとろーっと溢れてきて、それを皮に吸わせて、その皮をちょんとウースターソースにつけて口に入れたときの幸福といったらなかった。皮を半分食べて、肌色の肉餡に取りかかるときの充実感といったらなかった。一個を全部平らげて、四角い経木にこびりついた皮のカスを見るときのはかなさといったらなかった。物ごとにはすべて終わりがある。人生のそんな大事な教訓を、私は経木にこびりついたカスから学んだといっていいのである。

　このようなハレの日の食べ物であった肉まんが日常に降りてきたのは私が中学に入った頃、近所に新宿中村屋のチェーン店ができてからだ。今まではふつうのパン屋だった店が新宿中村屋のチェーンに加入して、中村屋のパンや食料品を売るようになったのである。

中村屋では冬場は店頭にせいろを置いてふかした肉まんや餡まんを売った。値段は一個二〇円だった。

　中村屋の肉まんは父親が持って帰る肉まんとは餡がまるで違っていた。中国料理店の肉まんは餡がまさしく肉であったが、中村屋のは野菜がたっぷりで餃子(ギョーザ)の具のようなのだ。ジューシーさはないがさっぱりとしている。味付けはしっかり濃くて、ウースターソースはいらなかった。それがかえって美味しくて、わが家は母やばあさんも含めた全員がたちまちのうちに中村屋の肉まんの虜(とりこ)になった。安くて腹持ちがいいので、従業員のおやつもかねて一〇個、二〇個と買った。育ち盛りの野球少年の私は学校から帰るといつも腹ぺこで、肉まんひとつを二口か三口で食べてしまった。そんな私にあきれたのか、あるとき母親が「食べたいだけ食べていいよ」と言った。母親の気が変わらないうちにと一気に七つ食べたものの、あとで胸焼けがしてたいへんだった。

　そんなわけでかれこれ四〇年、私は中村屋の肉まんを食べ続けている。

　私にとって、中村屋の肉まんのただひとつの欠点は具の量が少なめなことであった。値段があと五〇円高くてもいいから、具がもう少し多いやつを出してくれないかと、長いこと思っていた。コンビニ以外のチェーン店や新宿本店では値段の高い特製肉まんを売っているが、これは材料や味付けがコンビニのとは違う。私はコンビニのと同じ材料、同じ味付けで具の量だけ多いのが食べたかった。

　あるとき、「最後の晩餐（ばんさん）」というテーマで新聞のインタビュー取材があった。死ぬ前に最後に何を食べたいか、というのだ。私はその取材に「中村屋のいちばん安い、昔から売られている肉まんで、具を今の二倍に増やしたのを食べたい」と答え、しかも「私が死んだらお棺（かん）の中に中村屋の肉まんを入れて欲しい」と付け加えたのであった。私は中村屋の肉まんを持ち上げるために言ったわけではなかった。子供の頃から食べ続けてきた中村屋の肉まんに敬意を表して言ったのだ。

　それからしばらくして、その記事を読んだ中村屋の広告部の人から連絡があった。ねじめさんの理想の肉まんを当社で作って売りたいというのだ。最初は料理人でもないし断ろうと思ったのだが、話を聞くうちにだんだんと目がくらんできた。長年夢に見た具が二倍の肉まんが現実のものになろうとしているのだ。文字どおり、こんな「うまい」話はないと思った。私は「やりましょう」と返事した。二週間ほどして、広告部からふたたび連絡があった。具が二倍入った肉まんを作ったのでお出でいただきたいという連絡であった。私はわくわくしながら中村屋の工場まで出向き、肉まんの製造部門の人たちの前で具が二倍入った肉まんを頬張った。

ところが、ところがである。夢にまで見た具が二倍の肉まんは、味が濃すぎて美味しくないのだ。

「あの、具は同じですか」

「同じです。こちらにふつうの肉まんがありますので、割って食べ比べてみてください」

言われたとおり具だけつまんで食べてみると、なるほど同じであった。だが肉まんとしてはふだん食べているコンビニの肉まんのほうがはるかに旨い。ようするに、具が二倍の肉まんは皮と具のバランスがバラバラなのであった。コンビニの肉まんは皮と具は量も味も絶妙のバランスになるよう計算されていて、具を増やすとそのバランスが崩れてしまうのだ。

さあ困った、どうすればいいのやら。とりあえず具を二倍にしたのだから、皮も大きくすればいいと思った。工場の人は「わかりました」と言い、新しい試作品を作ってくれることになった。そのまた二週間後、私はふたたび工場に出向いて、ふつうの二倍の大きさの肉まんを試食した。が、やっぱり具の味が強すぎる。いやはや、肉まんがこれほどまでに微妙な食べ物だとは思わなかった。シロウトの私の提案をニコニコしながら聞き入れて試作品を作ってくれた中村屋の人たちは、コンビニの肉まんがじつはたいへん微妙なバランスの上になりたっていることを、まず私に知って欲しかったのだ。

ここからが理想の肉まんに向けた本格的な闘いのはじまりだった。何度も工場に通ってプロの職人さんと話し合った。豚肉の匂いが強すぎるとか、味が濃すぎるとか、竹の子がもうちょっと欲しいとか、いろいろと改善点が出てきたのだが、肉まんの具の旨味の決め手は椎茸なのであった。そこで椎茸は思い切って肉厚で上等なのを使うことにした。するとこれが旨い。椎茸から出てくる味のエキスが肉まん全体を支配して、ひとつにまとめている。こうして私の理想に近い「ねじめの肉まん」が出来上がったのである。

この「ねじめの肉まんプロジェクト」を通じて学んだことは多いが、中でも印象深いのは肉まんの皮の存在だった。私は具、具と騒いでいたが、本当は皮こそが肉まんの命なのだ。肉まんの皮はまさしく生き物である。その日の気候によって、粉によって、その他ほんのちょっとしたことで、皮のふくれ具合や歯ごたえ、具と混じったときの味わいが違ってくる。だからこそ肉まんを作る醍醐味(だいごみ)があるのだ。このことがわかっただけでもプロジェクトに参加してよかった。

しかし、中村屋の工場で、日夜肉まん作りに精魂(せいこん)傾けているプロに向かって安易に口を出した自分を思い出すと、今でも冷や汗たらたら、穴があったら入りたい気分である。

どら焼き　〝アン〟は異なもの

どら焼きは、好きな人と「どうも苦手だ」という人にはっきりと分かれる食べ物である。好き嫌いの許容範囲が狭いというか、好きな人は毎日食べてもいいというくらい好きなのに、嫌いな人は「お腹(なか)が空いていてもどら焼きだけは勘弁して欲しい」とか、「この三〇年間、一度もどら焼きを食べていません」とか、とにかく口に入れるのが嫌だという人が多い。

この感じは菓子というより野菜のピーマンとかセロリとかに似ている。魚介類のカキとかナマコにも似ている。肉類でいうと鶏皮とかレバーとかにも似ている。好き嫌いがはっきり分かれるものには、香りが強いもの（野菜系ですな）、歯触り舌触りが独特（カキやレバーなんかがそう）、色カタチが気色悪いもの（うちのオクサンは「ナマコの鼠色(ねずみいろ)は食べ物とは思えない」と言い張るし、娘は鶏皮を見ると「あのぽつぽつから一本一本羽が生えている様子が浮かんできて逃げ出したくなる」そうである）があるが、どら焼きはそのどれにも属していない。属していないくせに好き嫌いがはっきり分かれるところが、どら焼きのどら焼きらしいところだ。

私はといえば、数年前までどら焼きは苦手だった。中のアンコがダメであった。なぜダメかというと、話は四〇年前にさかのぼる。

今はあまり見かけないが、その当時パン屋にシベリアという菓子パンがあった。カステラで羊羹を挟んで三角に切ったもので、どのパン屋にもあった。それもパン屋のガラスケースのいちばん下のいちばん隅にあるのだ。メロンパンやクリームパンは夕方行くと売り切れのことが多かったが、シベリアはいつ行ってもあった。売れ残ったシベリアにはなぜか西日が当たっていた。西日のスポットライトを浴びたシベリアは淋しそうでまずそうだった。「どうせあたしなんか……」と拗ねているような感じがあった。今考えれば、位置がケースのいちばん下なので西日が差し込みやすかったのだ。何日も置かれているのだから日の当たらないところに、というのはこちらの考えであって、パン屋にしてみればあまり売れないから取り出しにくいいちばん下でいい、ということだったのだろう。

わが家では、母親がこのシベリアが大好物だった。おやつによく買ってきては、ほうじ茶と一緒に食べていた。私はとにかくカステラが好きだった。

「カステラが好きなんだから、シベリアも好きなはずなのにねえ」と母親は言う。しかしそれは違う。シベリアは羊羹が主張しすぎていてカステラの味が感じられないし、噛むと羊羹の部分が虫歯にしみて痛いのである。

それはどら焼きも同じであった。どら焼きもシベリアみたいに日持ちがした。どら焼きも中のアンコが歯にしみた。たまにくるお客さんの手土産が、どら焼きだと気が気ではなかった。カステラなら万々歳だが、どら焼きだとあとで問題が起きる。私はどら焼きの中のアンコを除けて外側の皮だけをホットケーキみたいにして食べたいのだが、父親に見つかると「きたない食べ方をするな」と怒られるからである。

この習慣は三〇歳を過ぎても続いていた。どら焼きは中身のアンコをオクサンに上げて皮だけを食べていたし、オクサンから皮だけをもらって美味しく食べていた。アンコ好きのオクサンのおかげでわが家は平和だった。――いや、私はアンコが嫌いなわけではない。ぜんざいも好きだし、あんパンも大好きだが、どら焼きのアンコだけが苦手なのだ。どら焼きのアンコは甘みが強くてがっちりしていて、あんパンのアンコとはぜんぜん似ていない。むしろ最中（もなか）のアンコに近い。カステラを食べるときに、そういうヘビーなアンコはごめんこうむりたい。

——とまあ、かくのごとくどら焼きと相性が悪かった私であるが、阿佐ヶ谷に引っ越してきてから変わった。どら焼きも美味しいじゃないかと思うようになった。

阿佐ヶ谷には「うさぎや」という和菓子屋がある。うさぎやは上野にもあって、縁続きで、上野の店は大正年間にどら焼きを発明したといわれる老舗である。

ある日、道で詩人の谷川俊太郎（たにがわしゅんたろう）さんにばったり会った。谷川さんは私よりずっと前から阿佐ヶ谷在住だ。挨拶（あいさつ）してふと見ると、手にうさぎやの包み紙を持っている。

「谷川さん、コーヒーでも飲みませんか」

「うーん、これから知り合いの家に行かないとならないんだ」

そう言うと、谷川さんはうさぎやの包みをひょいと掲げるようにして駅へ歩いて行った。

また別の日に阿佐ヶ谷の商店街を歩いていたら、こんどは向こうから女優の熊谷真実（くまがいまみ）さんが歩いてきた。

「ねじめさん、元気？」

「まあね。真実さん時間ある？」

「ある、ある」

見ると熊谷真実さんも、谷川さんと同じようにうさぎやの包み紙を持っているではないか。

「そういえば、このあいだ谷川さんに会ったときもうさぎやの包み紙を持っていたんだけど、真実さんの持ってるのってうさぎやさんの何なの」

「うさぎやっていえばどら焼きに決まってるじゃない。谷川さんのもどら焼きに決まってるわよ」

私はそのときまで、うさぎやのどら焼きがそんなに有名だとは知らなかった。上野のうさぎやがどら焼きを発明したことも知らなかった。真実さんと別れるとすぐその足で、うさぎやへどら焼きを買いに行った。ところが夕方の六時を回っていたので、どら焼きは売り切れていた。

人間とはやっかいなもので、手に入らないとなるとよけいに欲しくなる。次の日は昼前にうさぎやへ行き、どら焼きを買って、ねじめ民芸店で店番をしているオクサンのところへ行った。オクサンはうさぎやの包装紙を見ると、「あら、うさぎやね」と言ってお茶の支度をはじめた。

「大学時代に阿佐ヶ谷のうさぎやで友達がアルバイトしていたのよ。和菓子って朝早くから作るのでたいへんなのよ」

オクサンは、うさぎやでアルバイトしていた友達から聞いた和菓子のあれこれを披露しはじめた。

「うさぎやのどら焼きはあの頃から有名で、午後には売り切れることが多かったわ。昨日の夕方行って買えなかったとすると、今も同じなのね。やっぱり美味しいものは人気があるのね」

私はうさぎやのどら焼きをそのときはじめて食べた。今まで食べたどら焼きと違って、アンコの甘みは控えめであった。アンコの小豆のひと粒ひと粒を大事に炊いていることがよくわかる味だ。包丁で半分に割ってみると、小豆の粒の断面が半透明で美しかった。食べ終わって残る、うさぎの絵のセロファン紙もかわいらしい。

「学生時代から知っていたんだろ。こんなに旨いどら焼きを、なぜもっと早く教えてくれなかったんだよ」

「あら、しょっちゅう買っていたわよ。あなたにも勧めたのに、どら焼きのアンコが嫌いだとか言って、皮だけ食べていたじゃない」

そう言われれば、たしかにそんな気がしてきた。アンコも美味しい美味しいうさぎやのどら焼きなのに、私は長年アンコをオクサンに上げて皮ばかり食べていたわけだ。もったいないことをした。

それから私はすっかり阿佐ヶ谷「うさぎや」のどら焼きファンになった。熊谷真実さんの芝居の差し入れにはうさぎやのどら焼きを二〇個ほど持って行く。私が楽屋ののれんを分けて入っていくなり、真実さんはうさぎやの包装紙に気づいて、「うわ、うれしい！　どら焼き！　どら焼き！」と大喜びではしゃいでくれる。差し入れする私としてはこんなにうれしいことはない。

真実さんは「どら焼きは生ものだからすぐに食べたほうが美味しいのよ」と言って、隣の楽屋にもその隣の楽屋にもそのまた隣の楽屋にもじゃんじゃんどら焼きをお裾分けする。どら焼きは日持ちがすると思い込んでいた私の常識はあっさりと覆されたのである。

ところが最近、この阿佐ヶ谷うさぎやのどら焼きをおびやかすどら焼きが現れた。それは浅草雷門「亀十」のどら焼きである。私は女優の冨士眞奈美さん、漫画家の高橋春男さんや中国研究家の野末陳平さんらと月に一度句会をやっているが、その席に亀十のどら焼きが出るのである。亀十のご主人と野末さんが旧い友人なので、野末さんが出席される日に限って届けてくれる。この亀十のどら焼きがまた旨いのだ。皮がふっくらしていて、ごくごくわずかに重曹の味がして、黒糖を使っているそうだがくどくなくさっぱりしている。私が句会に参加するのはみんなとワイワイ言いながら句を詠む楽しさもあるけれど、この美味しい亀十のどら焼きが食べられるのも動機のひとつになっている。

いやはや甘党の私の中でうさぎやと亀十がタッグして、どら焼きのランクがぐんぐん上がってきている。あんパンを超えるのも時間の問題かもしれない。

第四章　旅先の味

なれ寿司　発酵食品の極み

少し前、発酵学者の小泉武夫さん、博物学がご専門の荒俣宏さんと一緒に食事する機会があった。

お二人の共通点は博学なことだ。無学を売り物にして世間を渡ってきた私であるが、このお二人が相手では無学で勝負するにも限界はある。

「荒俣さん、今までに食べたものの中でいちばん変わった食べ物は何でしたか」

「そうですね。海鳥で、いったん食べたものを吐き出して岩場に隠しておく習性の鳥がいるんですよ。その隠しておいたやつが発酵したのを食べたことがあります」

おいおい、それって盗み食いじゃないの。しかも海鳥から……と思う間もなく、

「はあ、それは旨そうですね」

小泉先生から合いの手が入る。先生は、荒俣さんのことを大人の中でも、もっとも認

めている一人である。荒俣さんは知識の大人でもあり、身体も大人である。

「ところでねじめさんは、今までいちばん変わった食べ物というと何ですか」

とつぜん振られて、私は困った。自慢じゃないが、私は食に関しては超保守的である。食べたことがないものは出されても食べないし、ちょっとでもニオイのきついものは怖くて食べられない。そんなこと質問されても、パッと思いつくものがないのだ。あー、うー、と唸(うな)った挙(あ)げ句(く)、口から出まかせで「馬のたてがみです」と答えた。

するると小泉先生はじつにじつにうれしそうな顔になって、「ははあ、そうですか。馬のたてがみですか」と、ニコニコ身を乗り出してくるではないか。

おかしなもので、先生のニコニコ顔を見ていたら、今から一四、五年前に、長野で馬のたてがみを食べたような気がしてきた。だからするりと「馬のたてがみ」なんて言葉が出てきたんじゃないか。……しかし馬のたてがみって食べられるのだろうか……。

私の祖母は昔、暮れになると物置から馬の毛を張った裏ごしざるを出してきて、熱々のサツマイモを裏ごしし、正月用のきんとんをこしらえていたものだ。馬の毛の裏ごしざるで作ると、金属の裏ごしざるよりずっとなめらかなきんとんができる。たしかに祖母のきんとんは絶品だった。だがしかし、裏ごしざるに張られた馬の毛は、どう考えても食べられそうになかった。

「それと、鮒（ふな）のなれ寿司です」

脳ミソを絞り出して言った。馬のたてがみは自信がないが、このなれ寿司はたしかに食べたことがある。あれこそが、私が今までの人生で食べたいちばん変な食べ物である。

「おっ、なれ寿司」

小泉先生の顔つきが変わった。

「それで、なれ寿司は旨かったですか」

「いや、苦手でした。でも、招待にあずかった席で出たので、ぐっと我慢して飲み込みました」

「そうですか。苦手ですか」

私の言葉に小泉先生は悲しそうな顔になった。小泉先生は、感情がしぐさや表情にすぐに表れる。こういうところがじつにチャーミングである。

「ねじめさん、それはねじめさんが食べたなれ寿司がいけなかったので、旨いなれ寿司はほんとうに旨いですよ。美味しいのをすぐにでもお送りいたしますよ」

「なれ寿司は最高ですよ。あのニオイがたまらなくいいですね」

どうやら荒俣さんもなれ寿司のファンであるらしい。私は「お願いですから、なれ寿司は送っていただかなくてもけっこうです」と言おうと思ったが、小泉先生はなれ寿司と私との新しい友好関係を作って欲しいようなのだ。こうなるとムゲに断ることはできない。

しかし、いや、酒席のことであるからして、小泉先生も明日になればなれ寿司のことなどすっかり忘れて、大学の授業に邁進していると思って安心していたのだが、なななんと、数日を経ずしてわが家に鮒のなれ寿司が届いたのだ。

うわーっマイッタ。

どっかんどっかんマイッタ。

うちのオクサンなぞ、マイッタどころか「なれ寿司の好きな人って誰かいなかったかしら」と住所録を引っ張り出してチェックをはじめる始末だ。

「荒俣さんがなれ寿司がお好きなら、荒俣さんに差し上げたらいいじゃない。同じ阿佐ヶ谷に住んでるんだから、電話して、どこかで待ち合わせてお分けすればいいじゃないのよ」

「そりゃ、まずいよ。小泉先生と荒俣さんは仲がいいんだから、ねじめが食べずにたらい回ししたってすぐにバレちゃうよ。それに、荒俣さんのところにも送られてるかもしれないし」

「そう。じゃあ、とりあえず冷蔵庫に入れておくわね。なれ寿司ってかなり日持ちするみたいだから」

　そんなわけで、なれ寿司は当面冷蔵庫の中で眠りにつくことになった。そうやって三日が経ち、一週間が経ち、一カ月が経つうちに、私はだんだんと小泉先生に申し訳ない気持ちになってきた。冷蔵庫を開けるたびになれ寿司の包みが見える。その包みに小泉先生のふくよかな顔がオーバーラップして、小泉先生を冷蔵庫に閉じ込めて扉を閉めている気分になる。

　私は覚悟を決めて、オクサンとなれ寿司を食べることにした。冷蔵庫からなれ寿司の包みを出してテーブルに置いた。住所を見ると、滋賀県は余呉湖のほとりにある「徳山酢（ずし）」。

「悪いけど、包みを開けてくれよ」

とオクサンに頼んだら、オクサンは目を剝（む）いて、

「何言ってるのよ。男のくせに私に開けさせる気なの」

とすごんできた。こうなったらしかたがない。「わかったよ」と言って爆弾をさわるように包みをほどくと、おおっっっっ！　なれ寿司物体から、すごいというか、すさまじいというか、目がピリピリする強烈な刺激臭が放射されてくる。

「これって食べ物のニオイじゃないよな」

言いながら箱を開けた。刺激臭がさらに強くなったが、先制パンチが強かったせいでさほどのショックはない。しばらくすると、そのニオイにも慣れてきた。お酢のツーンとしたニオイと、米麴（こめこうじ）の発酵した甘いニオイが混じっている。

さてそのなれ寿司のご尊顔はというと、これがなかなか見事なのだ。鮒の腹にびっしり入った卵が、私の大好きなイクラを連想させて旨そうなのだ。

その卵に勇気をもらって箸（はし）をつける。箸先でちょっと取って舌に載せてみると、ニオ

イからは想像もつかない柔らかーい酸味がジワーッと口の中に広がってくる。

「あら、いけるじゃない」

オクサンがにっこりした。

「不思議ね。口に入れちゃうと、ニオイがぜんぜん気にならなくなるわね」

まったくオクサンの言うとおりであった。舌先に置いたなれ寿司を、舌を丸めて中央に持ってくると、口の中が旨味そのもので満たされてくる。寿司ではなく、旨味そのものの、旨味のエッセンスを食べているような気持ちである。

これはもう食べ物を超えている。いうなれば「旨さ」という抽象概念である。なれ寿司とは、「旨さ」という抽象概念を教えるため、食の神様が我々に遣わしてくれたものなのである。

「何だか日本酒が欲しくなるわね」

オクサンが言う。下戸(げこ)の私と違って、オクサンはイケる口である。下戸の私ではあるが、なれ寿司の鮒の卵のまろやかさ、米麴の芳醇(ほうじゅん)さは、酒飲みにはたまらないとわかる。

私が「飲めば」と言うと、オクサンは喜々として日本酒の瓶を持ち出してきた。

「ああ、もっと早く食べればよかった」

「荒俣さんに差し上げなくてよかった」

「小泉先生に感謝、感謝だわ」

オクサンは日本酒で、私は麦茶で、なれ寿司をつつく。

それにしても小泉先生が絶賛するだけあって、なれ寿司は発酵食品の極みかもしれない。今の世の中、口当たりのいい食べ物ばかりが氾濫（はんらん）している。安直な旨さ、わかりやすい旨さが幅を利かせる時代なのである。そんな風潮に逆らうがごとく、なれ寿司は果敢に我々に戦いを挑んでくる。戦ってみないと、そのよさがわからないのである。まさしく、我、食に本気なりである。

「ねえ、あなたも少し飲まない」

オクサンが私におちょこを出してきた。自分だけ飲むのが気が引けるのだ。

「じゃあ一杯だけ」

わさび　鼻で感じる清浄な辛さ

暑くなってくると辛いものが欲しくなる。口から火の出るような辛いものを食べて、カッと汗を出して、気温より自分が熱くなることで、周囲から押し寄せてくる暑さを追い払いたいのである。

辛いといえばカレーか唐辛子だが、今回はシブく〈わさび〉でいってみたいと思う。チューブわさびが出回る前まで、わさびは唐辛子よりはるかに高級なイメージだった。子供の頃、近所の蕎麦屋から出前を取ると、「もり」の薬味は刻みネギと唐辛子、値段の高い「ざる」にはわさびが付いてきた。

「ざる」は、蕎麦の上に細く切った海苔がちりばめてある。「もり」と「ざる」の違いは唐辛子とわさび、海苔のあるなし、それから容れもの（うちの近所の蕎麦屋では、「もり」は四角、「ざる」は丸い容器だった）の違いであって、それで値段はずいぶん違った。はっきりとは憶(おぼ)えてないが、けっこうな差があった。

「ざるなんて、蕎麦屋が儲(もう)けるために考え出したもんだ」

ざる蕎麦の出前をすすりながら、父親は毎回同じ文句を並べた。

「蕎麦の上にかかってる海苔なんか、マッチ箱の大きさぐらいしかないぞ。わさびだって粉わさびを溶いたのをチョロッとなすりつけてあるだけだ。これでン十円もよけいに取るとは、うまい商売だよ」

私の家は乾物屋で、海苔も粉わさびも商っていた。当然原価もわかっている。この値段で仕入れてこんなに上乗せしていると思うと、やっかみもあってよけいむしゃくしゃしたのだと思われる。

それならもり蕎麦を取ればいいのに、見栄っ張りの父親は蕎麦屋でいちばん安い「もり」の出前を頼めないのであった。

出前してもらうのに安いものばかりでは気の毒だという気持ちもあったようだ。わが家では母親もばあさんもたいてい「もり」であったし、子供の私もおかめ蕎麦かかき玉蕎麦を頼むのがせいぜいだった。だから一人ぐらいは割のいいものを頼まないといけない。それは同じ商店街に店を構える商人同士のマナーのようなものだった。

さてその、わが家でも売っていた粉わさびであるが、これは大きな青い缶に入っているのを量り売りする。店には緑色の小さな缶に入ったヱスビーの粉わさびもあったが、売れるのは圧倒的に量り売りだった。粉わさびは時間が経つと気が抜けるので、奥さんたちは量り売りを買って、家にあるヱスビーの缶に詰め替えるのだ。

当時はまだ匁という単位を使う人もいて、ふつうの家の奥さんが一回に買うのは一〇グラムとか五匁とかだった。「粉わさび五匁ください」と言われると、ばあさんは青缶の蓋をヘラでこじ開け、少量の目方を量る専用の天秤ばかりで言われた量を量った。量った粉わさびはペラペラの紙でできた六センチ角ぐらいの白い袋に入れ、口を折って渡した。

ビニール袋なんか使わなかった。ときどきは寿司屋や小料理屋も買いにきた。こちらは商売用なので、奥さんたちの一〇倍は買っていった。

わさび好きの父親は、ざる蕎麦についてくるわさびでは足りず、いつもばあさんに「わさび溶いてくれ」と頼んでいた。言われたばあさんはぐい呑みに粉わさびを取り、ちょっと水を入れて、割り箸一本でくいくいと溶いた。溶き上がりはわさびがぐい呑みの内壁にへばりついている感じだった。

溶き終えた割り箸を鼻のそばへ持っていくと、ツーンと脳天へ抜ける香りがして涙がポロポロ出てきた。こんなものがないと蕎麦が旨くないなんて、父親はどうかしていると思った。私はわさびが苦手だった。食べられるようになったのは中学に入ってからだし、わさびなしで刺身を食べるなんてあり得ない、と思うようになったのは成人してからだ。

中学の修学旅行で伊豆に行った。バスで修善寺を回り、天城峠を越えるコースの中に、わさび田の見学が組み込まれていた。わさびは伊豆の名産品なのであった。我々はバスを降りてぞろぞろとわさび田の脇道を歩いた。わさび田は段々になっていて、あちこちに木が植えられ、半日陰になるように工夫されていた。

段々の田んぼにはきれいな水がさらさら音を立てて流れていた。我々の歩く脇道にも溝が掘られ、そこをきれいな水が流れているのだ。

「皆さん、わさび田に清水が流れているのがおわかりでしょうか」

引率のガイドさんがマイク片手にわさび田を指さした。

「わさびの生育には、このような清浄な湧き水が流れていることが不可欠となっております。わさびの値段が非常に高いのも、このようなごく限られた場所でしか育てられないからなのでございまーす」

へえ、と私は思った。わさびならうちでも青い缶で売っている。高いといってもたかが知れている。

「わさび、そんなに高くないですけど」

私は手を挙げて言った。相手が中学生だと思ってえらそうな口調でものを言う、足の太いこのガイド嬢が、私は気にくわなかった。ふいの発言に、ガイド嬢は少しムッとした顔になった。

「あらそう。君のうち、お金持ちなのね」

「お金持ちじゃないけど、わさび、東京じゃ高くないですけど」

東京、にアクセントを置いたのは、地元バス会社に所属しているガイド嬢への当てつけであった。今よりはるかにのどかな時代ではあったが、中学生ともなればこれくらいの意地悪はしたのだ。

　ガイド嬢はますますムッとした顔になった。私はうれしくなって、横にいる友達連中と「な、な」と顔を見合わせた。みんなもこのガイド嬢がしゃくにさわっていたのだ。

「な、わさびなんか安いよな」「安い安い」「お前んちでも売ってるよな」「売ってるよ。ひと缶一〇〇円もしないよ」

　その言葉を聞いたとたん、ガイド嬢の顔がパッと輝いた。

「なーんだ。君たちが言ってるの、粉わさびのことか。あんなのはニセモノだからね」

　勝ち誇ったように言い、先生が見ているのを思い出したのか、「伊豆特産のわさびは粉わさびとはまったく違う本わさびで、山の宝石にも譬(たと)えられる貴重品でございます。後ほどご覧いただきますが、わさび農家では、収穫したわさびを湿らせた綿でくるんで大切に保管いたします。まさに宝石なのでございまーす」ともったいぶって説明した。本わさびと粉わさびが全く別のものであることを、私はこのとき、心の傷とともにはっきりと刻み込んだのだった。

　あれから四〇年、栽培技術が進んだのか、本わさびはずっと身近になった。高いことに変わりはないが宝石とまではいかず、スーパーでも一〇〇〇円以内で買うことができる。わが家でもふだんはチューブ入りだが、来客があるときやいい刺身を買ったときには、奮発して本わさびを買う。

茎の出ている頭を落とし、汚いところをこそげ取ってセラミックおろしで丁寧に丁寧にすり下ろしていると、つーんと清浄な香りがしてくる。そう、わさびの辛さは清浄なのだ。舌で感じる辛さではなく、鼻で感じる清浄な辛さだ。だから食べ物も蕎麦や刺身など、あっさりと自然のままに近い食べ物に合う。

一方、からしの辛さは舌にねっとりとまとわりつく辛さ、強さのある辛さである。私の大好物の豚の角煮にこの強さはピッタリだし、ところてんにからしを添えるのも、酢の強さに負けないためだろうと思われる。

この二つに比べると、唐辛子の辛さはぜんぜん別物だ。唐辛子の辛さは過激である。わさびが鼻、からしが舌と、局地戦で辛さ攻撃してくるのに対し、唐辛子は全身に攻撃を仕掛けてくる感じがする。「激辛」という言葉がピッタリなのは唐辛子だけである。若者が唐辛子を好むのもむべなるかな、であるが、しかし、文明だの文化だのというものは成熟すればするほど繊細になる。

日本の若者が激辛唐辛子文化より清浄繊細洗練のわさび文化を好むようになるのは時間の問題だと思うのだが、果たしてどうであろうか。

水茄子　ナイーブな王者

夏の野菜といえば茄子（なす）、茄子といえばぬか漬である。

梅雨（つゆ）明けのむし暑い時期、朝の食卓に茄子の漬物が置いてあるのはいいものだ。青紫の色が涼しげで、つるっとした肌が冷たそうで、見ているだけで暑さが少し遠のく感じがする。胡瓜（きゅうり）のぬか漬のぽりぽりした歯触りも、かぶのほろ苦さと甘さが同居した味も捨てがたいが、茄子のぬか漬の美しさと、水そのものを食べているような爽（さわ）やかな食感はやはり夏の漬物の王者と呼ぶにふさわしい。

その夏の漬物の王者に、王者の中の王者ともいうべきすごい茄子があることを数年前に知った。大阪は泉州（せんしゅう）名産、水茄子である。教えてくださったのは、南海ホークスの元エースでダイエー（現在はソフトバンク）の初代監督も務めた故杉浦忠（すぎうらただし）さんの奥様、志摩子（しまこ）夫人である。

我々昭和三〇年代に少年期を過ごした者にとって、杉浦忠は忘れることのできない投手だ。昭和三四年の巨人との日本シリーズで、四連投四連勝で南海を日本一へ導いた杉浦のアンダースローは今でもはっきり目に焼きついている。そもそもこの試合には因縁があった。杉浦は相手チームの四番打者、長嶋茂雄の立教大学野球部時代の大親友であり、将来は同じ球団でと誓い合った仲でありながら、事情があって南海と巨人に別れてプロ入りした。その二人がプロ入り二年目にして日本シリーズで再会したのだ。

杉浦の活躍は「血染めの四連投四連勝」という伝説となって、往時の野球ファンの間で語り継がれている。連投でできた血マメが破れ、白球を血で染めながらそれでもボールを投げ続けた杉浦という投手はさすがに長嶋茂雄の親友だと、私たち長嶋ファンの野球少年も誇らしい気分がしたものだ。

私が杉浦さんと知り合ったのは今から一〇年ほど前である。生まれ故郷の愛知県豊田市で行われた杉浦さんの野球殿堂入りを記念したイベントで、司会を仰せつかったのが私であった。野球解説者時代に「マイクの前のジェントルマン」といわれた杉浦さんは、実際にお目にかかるとまさしくジェントルマンであり、スマートだった。長嶋さんとのエピソードを語るときの顔つきが、スターを語るというのではなく幼友達を語るようで、淡々としているところがすばらしかった。

私は杉浦さんから憧れの長嶋さんの話を聞いているうちに、杉浦さんと長嶋さんの友情をテーマにした小説が書きたくなってきた。ところが、書きはじめる前に杉浦さんがお亡くなりになったのだ。ショックだった。小説のほうも一旦は諦めかけていたのだが、その後長嶋さんから杉浦さんの話を聞き、再び小説を書く気持ちが湧いてきたのだった。

杉浦さんの小説の取材のために志摩子夫人が住むお宅を何度も訪ねた。住まいは大阪・堺市の閑静な住宅街にあった。取材を重ねているうちに杉浦さんの好きな食べ物の話題になった。

「杉浦さんはどんな食べ物が好きだったんですか」

「水茄子の漬物が好きだったんです。水茄子の漬物をつまみながら焼酎を飲むのが何よりの楽しみでした」

杉浦夫人の口から「水茄子の漬物」という言葉が出たときはさもありなんと思った。

プロ野球選手の好物というとふつうは肉類を予想するのだが、杉浦さんには肉よりも茄子の漬物がぴったりだった。杉浦さんは野球選手には珍しくメガネをかけていて、プロ野球選手というよりは小学校の先生みたいに見える。物言いも穏やかで、自分のことはあまり語りたがらず、そういうところも水茄子とぴったりな感じの人であった。

「ねじめさんは水茄子の漬物は食べますか」

「水茄子は食べたことはないなあ。こっちの名産なんですか」

「美味しいですよ。泉州の水茄子は漬物にしたら最高です。今がちょうど、水茄子のいちばんいい時期です。ねじめさんの自宅のほうへ明日送るように手配しておきますから、騙されたと思って食べてみてくださいよ。水茄子の漬物は四日が限界ですけど、それを過ぎたら細かく切って生姜醤油につけて食べると、これがまた美味しいんです」

　水茄子の漬物の話になったとたん、杉浦夫人の顔つきがぱっと明るくなった。舌もなめらかになった。水茄子が引き金になって、杉浦さんのことが次から次へと思い出されてきたようなのだ。食べ物というのは忘れていた記憶を思い出させる力がある。

「私は東大赤門の前の料理屋の娘で、詩人のサトウハチローさんがよくきていて、シマチャン、シマチャンてずいぶんかわいがってもらったんです。私と杉浦が婚約したことはマスコミには黙っていたんですけど、サトウハチローさんがテレビに出たときに二人が婚約をしたことをしゃべってしまって、それから大騒ぎで……」

杉浦夫人の女優時代のこと、まだ結婚する前に神宮球場へ立教を応援しに行ったら、先発の杉浦さんが観客席の夫人に気がついて、杉浦さんと仲の良い新聞記者から杉浦さんの書いた「帰ってくれ！」というメモが届き、夫人は（私がいて試合に集中できなくなってはいけない）と慌てて帰ったことなど、水茄子がきっかけになって懐かしいエピソードをどっさり聞くことができた。

東京に戻った翌々日、杉浦夫人から水茄子の漬物が届いた。ウチのオクサンは関西出身である。私は水茄子を小さな頃から食べていると思って聞いてみたのだが、

「ぜんぜん食べたことがないわ。お母さんが食べているのも見たことがなかったわ」

意外や意外、水茄子は関西人でもめったに食べないのだ。こうなると私の中で水茄子の漬物が貴重なものになってきた。

「こういうふっくらとしたみずみずしい茄子は包丁を使わずに手で裂いたほうがいいのよ。包丁を使うと金気がついて味が変わるらしいわよ」

どこで仕入れた知識か、オクサンがヘタを持って指先でそうっと実を裂いていくと、真っ白な肌が現れ、もう水気がしたたり出てきている。

「いい匂いがするわ」

オクサンが裂いたのを横から手づかみで食べた。旨い。野菜という範疇（はんちゅう）には入らない甘さがあるが、フルーツのような甘さではなく、塩味と相まって甘さにきりりとした気品がある。野菜でもなく果物でもない、水茄子という自立した存在感がある。こんな旨い茄子の漬物ははじめてだ。

「ちょっと、これすごいぞ」

思わずオクサンにすすめると、オクサンも口に入れて、

「うわ！　水茄子の漬物ってこんなに美味しかったのね！　なんでうちのお母さんは今まで食べさせてくれなかったのかしら」

私もウチのオクサンも久々に食べ物で興奮している。漬物というのは保存食であるが、水茄子の漬物は保存食ではない。漬物でありながら漬物ではない。聞くところによると、水茄子を育てるのはたいへん神経を使うそうである。葉っぱで実が傷ついてしまうので、

わざわざ葉っぱを落とすのである。葉っぱにまで気を配る食べ物なのだ。手間がかかってしかたがないので、農家としては割が合わないし、水茄子の生産を将来も続けるかというと自信のない農家もあるという。だからこそ市場になかなか出回らないのだ。そういう話を聞くと、関西出身のウチのオクサンが水茄子の漬物について知らないのは無理もないと合点がいく。

　オクサンとしゃべっているうちに茄子の色がどんどん変化してくる。急にまずくなったりはしないのだが、裂いてすぐのと一五分経ったのとでは色も味も微妙に違う。この変化が茄子の漬物の魅力であるし、亡くなった杉浦さんが好んだ理由に違いないと思えてきた。

　杉浦投手はプロ四年目で一〇〇勝以上の成績を残したものの、連投による血行障害などで現役後半は抑えに回ることが多くなり、生涯記録は一八七勝一〇六敗であった。解説者を経て一九八六年に南海監督に就任するも、二年後にチームはダイエーに売却され、福岡に移転。杉浦さんは最初に書いたとおり福岡ダイエーホークスの初代監督となったが、翌一九八九年限りで退任する。水茄子同様みずみずしい時期が短く、変化の激しい野球人生であった。

そしてまた、杉浦さんはぽつんと一人になりたがる性格でもあった。血染めの四連投四連勝で日本一になり、記者に囲まれた杉浦さんが「一人になって泣きたい」と言ったエピソードは有名だし、一九九九年、福岡ダイエーが一〇年目にして優勝したときにはラジオ解説をしながら「一人で中洲で酒を飲みたい」とコメントしている。優勝で盛り上がっていてもいつのまにかいなくなり、一人ぽつんと孤独に浸っているのが杉浦さんなのだ。杉浦さんにはそんなナイーブなところがあった。私には杉浦さんのそんなナイーブさが水茄子とぴったり重なって感じられる。水茄子の漬物を肴に一人酒を飲む在りし日の杉浦さんは、まさしく日本一のダンディな野球人である。

寿司　気取らず旨いのが、よし

　ここ数年、八月下旬になると富山県の高岡に出かけている。お盆明けの週末に行われる高岡「土蔵造り(どぞうづく)フェスタ」に参加するためである。

　高岡はＪＲ北陸線で富山と金沢のちょうど中間にある。北陸観光といえばまず金沢、ついで能登(のと)半島や立山(たてやま)が有名だが、高岡も万葉(まんよう)時代にさかのぼる見どころの多い町だ。中でも山町筋と呼ばれる旧北陸道沿いは明治期に建てられた土蔵造りの家並みが残って風情がある。この家並みや高岡の魅力をもっと知ってもらおうと地元の人たちがはじめたのが「土蔵造りフェスタ」で、私は第一回目からずっと参加させてもらっている。

　最初は土蔵造りの家の座敷を借りたりお寺を借りたりして、トークショーや子供のための詩の教室をやっていたのだが、三年前からは小・中・高校生を対象とした詩のコンテストとなった。表彰式は大正はじめに建てられた北陸銀行の赤レンガの建物の中で行われる。最初にこの建物を見たとき「東京駅に似ているなあ」と思ったが、それもそのはず、設計監修に東京駅を設計したあの辰野金吾が参加しているのであった。

　このように歩くのが楽しい高岡の町だが、もうひとつ、行くたびに楽しみにしていることがある。それは寿司である。高岡で代々続く老舗和菓子屋「大野屋」を営む大野さんという友人がいる。私が「土蔵造りフェスタ」に参加するようになったのも大野さんとの縁だ。

　あれはフェスタの最初の年のことである。無事イベントが終わったあとで、大野さんに「何が食べたい」と聞かれた私は、即座に「寿司！」と答えた。北陸といえば魚である。魚といえば寿司である。私は寿司が大大大好物で、握り寿司なら一日三回食べても飽きない自信がある。

「寿司かあ」

　大野さんは腕組みした。

「どこがいいかな。――うん、高岡だったらあそこだな」

　大野さんがうなずく。私の期待はふくらむ。老舗和菓子屋のあるじだけあって、大野さんはかなりのグルメなのだ。それもただ美味しいものを食べられればいいというのではない。店の雰囲気やあるじの対応など、すべてが自分の眼鏡にかなわないとうれしくないという、ちょっと頑固なところのあるグルメだ。その頑固グルメの大野さんが「高岡だったらあそこだな」と言うのだから、間違いなく旨いはずだ。

大野さんは携帯電話を取り出してダイヤルした。ところがダイヤルしても誰も出ない。

「混んでるのかな」

大野さんは再びダイヤルするがやっぱり誰も出ない。

「あ、そうだ。今日は日曜で定休日だった」

何度目かのダイヤルのあとで大野さんが大きな声を出した。私はがっくりだ。

「えーっ、寿司屋って水曜定休じゃないのかよ」

「こっちは日曜定休の店が多いんだよ」

ということは、私は今日は寿司にはありつけないのか――うらめしく思っていると、大野さんが「大丈夫、日曜もやってるいい店に連れて行くから」と言った。そして私を駐車場まで連れて行き、マイカーのRV車に乗せるではないか。

「少し遠いけど」

「どの辺？」

「氷見（ひみ）」

「え、そんな遠く」

「そうでもないよ、クルマで二〇分ぐらいだし」

　到着した「鮨（すし）よし」という寿司屋は氷見の市街地ではなく、街道沿いにぽつんとある店だった。大野さんが先に立って戸を開けた。「いらっしゃい」と元気な声に迎えられて中へ入ると、店は外から見るよりずっと広い。長いカウンター席はすでにいっぱいで、我々は個室に通された。目の前で握ってもらえないのは残念だが、しかし、個室には個室の楽しみ方がある。とりあえず握り一人前で頼む。お好みではなく一人前で頼むとその店の実力というか、方針がよくわかる。もちろん値段も安心である。

　出てきた握り寿司は感動ものであった。ものも言わずに食べて「旨いねえ」と言うと、「地の魚だけで握っているからね」と大野さんが教えてくれた。彼曰（いわ）く、氷見は漁師の魚の扱いが違うのだそうである。だから同じ富山湾の魚でも、氷見漁港に揚がった魚はかくべつに旨い。その上、鮨よしでは、地の利を生かして、少ししかとれない地魚を仕入れている。ここへこないと食べられない魚も多い。

「この店、はじめてだとわかりにくいね」

「駅から離れているからね」

大野さんが言った。

「うちじゃ、ここへはいつもバスでくるんだ。高岡と氷見を結ぶ路線バスの停留所がすぐそばなので、電車でくるよりずっと便利がいいからね」

なるほど、なるほどとうなずいたあとで私はハッと気づく。大野さんは酒がいける口である。なのに今日は飲んでいない。私をクルマに乗せて案内してくれたので、自粛(じしゅく)しているのである。

私が「申し訳ないなあ」と言うと、大野さんは「あ、気にしないで」と慌てた様子で手を振った。「俺、最近外では飲まないのよ。飲むと眠くなって、ぱたんと寝たくなっちゃうんでね」

私は友人自慢をしているのではない。大野さんに代表される高岡人気質の話をしているのである。高岡は北陸道の要衝として栄えたせいか、細やかな気遣いで客をもてなす風がある。それはタクシーのドライバーと話しても感じるし、食べ物屋のおやじさんと話しても、詩の教室で子供たちやお母さんたちと話しても感じることである。

そういえば、鮨よしではもうひとつ感動したことがあった。日曜の夜ということもあって、家族連れの客が多かったことだ。小学生、中学生を交えた家族連れが座敷に陣取って握り寿司を食べている。それも特別な日だからというのではなく、今日はちょっと張り込もうかという感じで、普段着できている。寿司屋の敷居の高い東京では考えられないことである。

その夜は大満足して帰ってきた私であるが、しかし、気になるのは日曜定休だった高岡の寿司屋である。店の名前は「鮨金」、行きたくて行きたくてたまらないものの、土蔵造りフェスタは毎年土・日に行われるため、日曜定休の寿司屋に行けるチャンスはごく限られてくる。しかも、予約の電話をしても「すみません、もういっぱいで」と断られるばかりなのであった。

ようやく念願が叶ったのは二〇〇六年である。今年こそはと張り切って、東京から予約電話を入れてやっと入ることができたのである。

店に入った瞬間、「やった！　間違いない」と確信をもった。カウンターの奥の主人の雰囲気でわかる。六〇歳ぐらいだろうか、ふっくらやわらかい雰囲気で、鮨職人にありがちな求道的なところがない。この主人もまた高岡人なのだ。気配り上手、もてなし上手で、お客さんに喜んでもらおうという気持ちが何より優先するのだ。

案の定、寿司はすばらしかった。白海老（しろえび）は今まで北陸で食べたどこの店より香ばしく風味が立っていたし、青い卵をまとった甘海老はねっとりとして、しかもくどくない。さらに米がいい、握り具合がいい。これ以上柔らかく握ったら握り寿司として自立していられない、というギリギリのところで、ふうわりと握っている。こちらも柔らかく持って食べる。口の中に入れるとほろりとほぐれて、新鮮な魚と渾然一体（こんぜんいったい）になる感じがたまらない。この日はお盆休み明けの初日で、しかも我々が最後の客ということでネタが少なく、主人がさかんに恐縮していたが、それでも実力は十分にわかったし、満足度も高かった。この日しかこれず、遅い時間を予約した我々が悪いのだ。

我々が食べているときに電話が鳴る。若い衆が電話を取る。どうやら出前らしい。これほどまでに旨い寿司屋でも出前をやるのだ。これもまたすばらしいではないか。

店はカウンター席で一〇席ほどだ。一〇席ぐらいはすぐ埋まる。だからいつも満席である。しかし鮨金は気取って満席なのではない。わが中央線阿佐ヶ谷の寿司屋ぐらいの値段だから、店で食べさせるだけではさほどの売上にはならない。だから出前は、ふつうの町のふつうの寿司屋同様、生活していくには当たり前のことなのだ。この気取らなさがいい。そして、こんなにまでレベルの高い寿司を「出前で」食べることができる高岡市民がじつにじつにうらやましい。

それにしても、二〇〇六年の土蔵造りフェスタは、詩のコンテストで大賞となった作品もすばらしかったし、念願の鮨金に行くこともできた記念すべき回であった。これからも、このイベントがますます賑(にぎ)やかになるよう、協力できることはしたいと考えている。

お茶漬け　「さーらさら」、「じわじわじわっ」

忠臣蔵（ちゅうしんぐら）の「山」「川」ではないが「お茶漬け」と聞くと反射的に「さーらさら」という言葉がセットで浮かんでくる。

さらさらは春の小川、さーらさらはお茶漬け。この違いはけっこう重要である。春の小川が単調なのに対し、お茶漬けにはリズムがある。お茶漬けを食べてみればすぐわかることだが、さーらさらの「さーら」で喉（のど）の筋肉がゆるみ、「さら」できゅっと縮んでお茶漬けを食道へ送り出すのであって、さらさら流し込んだらむせてしまう。九月頃になると、ひと夏分のバテが出てきて、お茶漬けが無性に食べたくなる。食欲の秋はまずはお茶漬けではじまるといっても過言ではない。

明太子（めんたいこ）をご飯に載せ、お茶をかけてさーらさらといただけば明太茶漬け、塩鮭（しおざけ）のほぐし身を載せてさーらさらといただけば鮭茶漬け、漬物をのせてさーらさらいただけば、漬物茶漬け、そのほかにも茶漬けの種類は限りなく豊富である。載せるものによって煎茶が合ったり、番茶が合ったり、ただのお湯が合ったりするところも奥が深い。

私がお茶漬けのイメージを植えつけられたのは祖母である。祖母はもったいないを地でいく人であった。食事のあと、飯碗に米粒が少しでもこびりついていたり、おかずの目刺しがちょっぽり残っていたら、飯碗の中に目刺しの尻尾をぽいと放り込んでお茶をかけて飯粒をきれいさっぱり食べ終え、目刺しのダシの出たお汁を飲み終えて、「ああ、美味しかった」とタメ息をつく。

このタメ息が出ると祖母の食事は終了である。食事の最終ラウンドはお茶をかけて、きれいにご飯や魚をさらうのがお茶漬けであった。だから私も祖母の影響で、ご飯粒をきれいにさらうためにお茶をかけて、さーらさらと食べていた。

いや、わが家では祖母だけでなく、父親も母親も飯碗に残った米粒をきれいさっぱりさらうためにお茶をかけてさーらさらと食べた。食べ終えた飯碗はそれこそ洗う必要がないくらいぴかぴかで、きれいなものであった。

そういえばわが家では、味噌汁もご飯にかけて食べていた。父親は味噌汁の中でも、アサリの味噌汁が大好物であった。今日はアサリの味噌汁だというと、迷うことなくいきなりご飯にアサリの味噌汁をぶっかけて、勢いよく食べた。アサリには殻があるからして一気にというわけにはいかず、さーらさらと二口ほど食べると殻を箸でつまんで中の身をほじくり出す。身のなくなった殻を皿に捨て、またさーらさらと食べる。アサリの味噌汁は鰹節も煮干しも要らないくらい貝のダシがたっぷり出る。そのダシをご飯が吸い込むのだから、旨いにきまっているのである。

小学六年生のときに二泊三日の修学旅行があった。生まれてはじめての集団旅行であった。バスで日光を回ったのだが、その修学旅行の朝、起きて顔を洗って大広間に行くと、時代劇で出てくるような一人用の脚高膳が出てきて、そのお膳の上にご飯と味噌汁、海苔、卵が載っかっていた。私はふだん家で食べているときと同じように、ご飯の上に味噌汁をたっぷりかけて、一気にさーらさらと食べはじめた。とたんに周囲から「あっ」という声が漏れた。

「見た見た、ねじめくんがご飯に味噌汁かけたの見た！」

「やーだ、味噌汁なんかかけちゃって」

女の子たちの声の調子にはあきらかに軽蔑(けいべつ)の響きがあった。「行儀悪いな」「汚ねえな」という声まで聞こえてきた。どうやらクラスのみんなは、ご飯に味噌汁をかけて食べるのはいけないことだと親から教わっていたらしかった。だからといって、食べかけたご飯を途中でやめることはできない。ここまできて引き戻せない。さーらさらと一気に食べた。汁かけ飯だから一気に食べることができたのだ。あれが中華丼みたいなあんかけ飯だったりカレーライスだったら、とてもさーらさらと一気に食べるわけにはいかなかった。あのときに、私はご飯に味噌汁をかけて食べるのはふつうではないことがわかった。

考えてみれば、わが家ばかりでなく商店街の家ではみんなご飯に味噌汁をかけて食べていた。けんちん汁のときは汁をご飯にかけ、具は具で食べていた。お茶漬けとくれば文字どおり日常茶飯事(さはんじ)だ。お茶漬けも汁かけ飯も商家では当たり前の食事であって、店の奥でお客をうかがいながらさーらさら、なのであった。

今でも、たまに小学校時代の友達に会うと、「ねじめが味噌汁をご飯にかけて食べはじめたときは驚いたよな。クラスで一人だけだったよな」と言われる。よほど味噌汁さーらさらが強烈だったようだ。小さな頃からの食習慣というのはなかなか変えることはできない。それより何より、お茶漬けや汁かけ飯は忙しく生きる日本人の文化なのである。商人で忙しく生まれ育った私のような人間にとって、永谷園（ながたにえん）のお茶漬けよろしくさーらさらと食べるのは必然性があった。しかも旨い。父親のアサリの味噌汁かけ飯ではないが、上に載せたものの旨味を熱いお茶で引き出して飯粒に吸わせるというのは合理的でもある。旨いものを時間をかけずにさーらさらと食べるのはかっこいい。

　お茶漬けは季節季節で載せるものが変わる。夏場から秋口にかけてはあっさりした漬物でさーらさらが美味しいし、残暑が過ぎるともう少し栄養のあるものを載せてさーらさらと食べたくなる。今、私が好きなお茶漬けは鰻（うなぎ）の茶漬けである。蒲焼（かばや）きではなく、甘辛く煮たお茶漬け鰻を載せる。

　このお茶漬け鰻を知ったのは、元新潮社のベテラン編集者横山元治氏から年に一回贈っていただく京都「かね庄」の鰻茶漬けがきっかけであった。最初に食べたときは、世の中にこんなに旨いお茶漬けがあったのかと感動した。包みを開けると見かけは鰻の佃煮（つくだに）である。サイズが縮んで中ぐらいの穴子ほどの大きさになったのが、短冊状（たんざくじょう）に切り分けてある。この短冊を三切れか四切れ、アツアツのご飯の上に載せて煎茶をそそぐと、鰻がお茶を吸って生き返ってぷーんといい匂いがする。この瞬間がたまらない。この匂いとふっくらふくれた鰻の顔つきを見ただけで、食べる前から美味しいに決まっていると確信が持てる。いやいや確信を持つ前に、茶碗を持って鰻茶漬けさーらさらとかき込んでいる私がいる。

私は鰻丼も好きだが、鰻丼はこちらの体調を測る食べ物である。スタミナがないと入らない感じがする。夏バテに土用の鰻というけれど、あれはコピーライターの元祖平賀源内先生がつくったキャッチフレーズにすぎなくて、実際はバテバテにバテているときは、鰻丼は重すぎて喉を通らない。その点、お茶漬け鰻は、さーらさら、すーるすると食べられる。しかも鰻の味がまったく逃げていないのがすばらしい。

あまりの美味しさに、あるとき贈り主の横山さんにこの京都の鰻茶漬けにこだわる理由を聞いてみた。横山さんは三〇年以上前、まだ若手編集者だった頃に、作家の五味康祐さんの取材のお供で京都に行った。五味さんはせかせかした人で、歩くのもせかせか速かった。横山さんは、遅れまいと必死について歩いていたのだが、三条通りに差しかかると、五味さんがふいに路地を曲がってすたすたと路地奥の鰻屋に入り、じきにうれしそうな顔をしてふたたび横山さんの前に現れたそうである。

鰻屋から出てきた五味さんは小さな包みを抱えていた。その包みが鰻茶漬けで、五味さんは以前からその店の鰻茶漬けのファンだったのだ。そのときの五味さんのうれしそうな顔を見て、横山さんもその店の鰻茶漬けが食べてみたくなり、食べてから病みつきになってしまい、それ以来、人への贈り物はこの鰻茶漬けに決めたそうである。

横山さん曰く、「あの肉好きの作家、山田風太郎さんも京都の鰻茶漬けには感動していた」と言う。

それにしても横山さんにはお世話になった。私の小説の恩師でもある。私は元々詩人なので、言いたいことがいっぱいありすぎて、小説の中に自分の言いたいことを詰め込み過ぎるところがあった。そのことが横山さんは気になっていて、「ねじめさん、小説を書くときは何々の巻とはっきりと決めて書くようにしたほうがいいですよ」とわざわざ箇条書きにしてくれた。それは今でも小説が書けなくなると箇条書きのことを思い出している。

考えてみれば、横山さんは鰻茶漬けみたいな人である。エネルギッシュな人ではなく、ぎらぎらしたところがひとつもないが、こちらが疑問にお茶をかけると、じわじわじわっと味がしみ出てくる。

歳（とし）は私よりもひと回り上であるが、ひょうひょうとしていて、のんびりした気持ちにさせてくれる。焦って小説を書くことはないよ！　いい物をじっくり書いて、いい本を出しましょうという雰囲気をいつもかもし出していて、私は、ずいぶんと救われた。直木賞を取れたのは横山さんのおかげだと思っている。

横山さんは定年で新潮社を辞められたが、毎年、年一回、私の大好物の鰻茶漬けは贈ってくれる。この鰻茶漬けを食べるたびに、横山さんの期待に応えられるような小説を書かねばと思うねじめである。

カキ　なんたってフライがエラい！

仕事で一カ月ほどロサンゼルスに行っていた友人のTが、マカダミアナッツのチョコレートを土産にやってきた。今どきロサンゼルス出張もマカダミアチョコ（そもそもこれはハワイの土産品ではなかろうか）も珍しくないが、わざわざ訪ねてくれたのはうれしい。友あり遠方より来るで、さっそく近所の寿司屋に招待した。この店は私の高校時代の先輩がやっていて、良心的な値段で季節季節の美味しいものを食べさせてくれる。外国から帰ってきたばかりの友人知人をここへ連れてくると、「ああ、日本に帰ってきたなあという気がするよ」と、皆喜んでくれるのである。

その日のオススメは岩手のカキであった。横長の皿に殻付きの生ガキが一人前三個、横にレモンの櫛切(くしぎ)りが添えてある。

「お、カキだね」

Ｔが頬っぺたをゆるめた。生ガキに熱燗ときたら、まさに日本の冬の味覚だ。うっすらと黄色みを帯びた灰色の、ぷりぷりの身に軽くレモンを搾る。そのまま殻ごと口のそばへ持って行って汁をちゅっと吸う。冬の海が口に広がる。汁が垂れなくなったところでつるりと身をすする。歯の間を逃げ回りそうにつるつるしたのをぷりっと嚙む。海の天然の塩味があるから生ガキに醬油は要らない。要らないどころか邪魔である。

「旨いな」

食べ終わってＴが指を舐めた。Ｔの満足そうな表情に、カウンターの向こうの先輩もニコニコしている。

「先輩、カキはどこが旨いんですか」

「やっぱり三陸でしょ」

「ふうん。岩手のカキはそんなに旨いんだ」

「最高だね。うちは昔から三陸しか置いてないね」

「三陸ならどこも同じくらい旨いんですか」

「宮城のほうのカキは身が小さくてね。生ガキはある程度身が大きくないとダメだね」

「そうそう、そうだよね」

Tが話に割り込んできた。

「俺、ロスで生ガキを食べたんだけどさ」

「へえ、ロスにも生ガキがあるんだ」

「あるさ。あっちには、貝やらカニやらロブスターやらを食べさせる専門店があるんだ。そこへ行くと一年中生ガキが食べられる」

「そう言えば酒田に行くと夏にカキが出るな。手のひらぐらいあるでかいやつが」

酒田の夏のカキは岩ガキである。大きいだけでなく香りも味も濃くて、一個食べると腹にどーんとくる感じがする。

「あっちのカキは総じて小ぶりだな」

Tが訳知り顔で言った。一カ月滞在しただけなのに、五年ぐらい住んでいたみたいな口ぶりなのがおかしかった。

「カキにそんなにいろいろ種類があるのか」

「あるある。メニューの生ガキの欄に、ずらずらっとカキの名前が書いてある。〝クマモト〟なんて名前のカキもある」

「クマモトって、九州の熊本かよ」

「さあな。地名なのか人の名前なのか知らないが、とにかくそういう名前なんだ。たぶん養殖のタネ貝が日本から行ったんだろうな。——で、そのクマモトの値段が高い。ほかのに比べて二割方高い」

「二割かよ。すごいな」

日本原産のカキが他のより二割も高いとは、聞いている私も何だかいい気分である。

「で、肝心のクマモトの味はどうなんだ」

「小ぶりでねっとりした味だったな。あれは生ガキ専用って感じだな」

Tの口調はクマモトの名を告げたときよりだいぶトーンが落ちている。たぶん、クマモトガキの味は値段ほどではなかったということである。

そのあとしばらく四方山話(よもやまばなし)をして、先輩の寿司屋を出た。別れ際、Tが小声で言った。

「しかしアレだな。カキはやっぱりカキフライだな」

まったくである。そのとおりである。生ガキはたしかに旨い。ざく切りのネギと一緒に練り味噌を塗りつけて焼いたカキの土手焼きも香ばしくて旨い。カキ鍋も、中国黒豆味噌で炒めた中国料理のカキ炒めも、カキグラタンもじつに旨い。カキのしぐれ煮、カキの佃煮はご飯がすすむし、針ショウガを散らしたカキご飯は冷めても旨い。寒い日の夜食にアツアツのカキ雑炊なんぞ出てきたらオクサンが一〇〇倍美人に見えるし、レストランの本日のスープがカキのチャウダーだったりしたら、食後のエネルギー一〇〇倍である。

ああしかし、だがしかし、揚げたてのカキフライに勝るものはない。歯を当てるとぱりっと割れるほど良い厚さの衣、衣から覗くレースのようなひらひら、たちのぼる香り、ほとばしる熱いジュース、固くなる寸前で弾力を増したカキの身。滋養強壮、気力充実、体力増進を食べ物にしたら、まさしくこのカキフライだろうと私には思われる。

私は父親からカキは怖いものだと教えられた。父親は若い頃、カキにあたってたいへんな目に遭った。その経験から、カキはフグより怖いと信じ込んでいたのだ。父の教えは子供の私にしっかりと受け継がれた。わが家の食卓にカキが出ることはあっても食べるのは母親かばあさんであって、私も父親も箸をつけることはなかった。

そもそもカキというのは子供の好きな食べ物ではない。それどころか、たいていの子供はカキが嫌いなのではないか。カキの殻はハマグリやアサリなどの二枚貝と違ってざらざらしているし、むき身は黄色っぽいネズミ色で汚らしい色だし、黒いはらわたも気持ちが悪い。当時はエイリアンという言葉はなかったが、カキは食べ物になるよりも海でずうっと生活していたほうが良さそうな姿形をしている。子供にとっては、カキは口に入れる気がしない不気味な食べ物なのである。

そういうわけで、私は小学校の高学年になるまでカキを口にしたことがなかった。食べたいとも思わなかったし、食べなくても別に困らなかった。

そんな私が生まれて初めて食べたカキがカキフライであった。あれはたしか小学校五年生のときだ。ばあさんに連れられて行ったデパートの食堂でミックスフライ定食を頼んだら、中にカキフライが交じっていたのであった。

私は本当は海老（えび）フライが食べたかったのである。しかし海老フライ定食は値段が高かったので子供心に悪いと思い、海老が一本だけ入っているミックスフライを選んだのである。

運ばれてきた皿には、こんもりとした千切りキャベツを枕に海老と二、三のフライが横たわっていた。大本命の海老は最後に食べることにして、手前のころんとしたやつにマヨネーズをたっぷりつけて口へ入れた。ぎゅっと噛んだ。その瞬間まで、私はひと口カツだと思っていたのだ。だがそれは豚肉ではなかった。豚肉よりはるかにやわらかく、はるかにジューシーな、濃厚で不思議な味であった。

「おや正ちゃん、カキフライ食べられるのかい」

前に座ったばあさんが、少しビックリした顔で私を見ていた。

「うん」

私はもぐもぐと口を動かしながら答えた。そうか、ばあさんや母親はこんな旨いものを食べていたのか、と思った。食卓にカキが並んでいたのに箸をつけなかったとは、今までの人生ですごい大損をしていた気がした。それというのも父親が「カキは怖い」と吹き込んだからだ。父親の言うことなど当てにならないと思った。

以来、カキフライは私の大好物である。五〇歳も半ばを過ぎて、油を使う揚げ物には食指が動かなくなっているが、カキフライだけは別で、一〇日に一度は無性に食べたくなる。だが、これがままならない。うちのオクサンは揚げ物は手間がかかるし台所が汚れるからといい顔をしないし、ファミリーレストランのカキフライは冷凍でジューシーさがないし、トンカツ屋に行けばおいしいカキフライが食べられるが量が少ない上に値段が高い。

私は揚げたてのカキフライをばふばふ言いながら次から次へ食べたいのである。四個や五個じゃなく、一〇個は食べたいのである。こうなるとやはり家で、オクサンに頼み込んで作ってもらうしかない。

「お父さん、そんなにカキフライが食べたいなら今度あたしが作ってあげる」

一人暮らしをしている娘が久々に帰ってきてそう言った。もちろんお小遣い頂戴(ちょうだい)の下心から出た言葉だが、今度ではなく、今すぐ作ってくれるのならば、下心に乗ってもいいかなという気になっている私である。

カラスミ　イタリアで出会った味

酒を飲まないせいか、珍味系の食べ物にとんと疎い。

コノワタ、ホヤ、ウルカは苦手だし、ウニも握り寿司の生ウニには目がないが、瓶詰めのウニは蓋を開けたとたんに酒の匂いで頭がくらくらする。イカの塩辛も、わざわざ塩とワタで発酵させなくても、生のままで十分美味しいじゃないかと思ってしまう口である。発酵学の泰斗、小泉武夫先生に言わせれば、人生の歓びの半分を味わわずに生きている野暮人間ということになりそうだが、しかし、こんな私にも大好きな珍味がひとつだけある。カラスミである。

日本三大珍味とはウニ、コノワタ、カラスミのことだそうだが、カラスミはほかの二つに比べて塩分が少ない。飲んべえの究極の酒の肴は塩であって、コノワタも瓶詰めのウニも主人公の塩にタンパク質の発酵成分で風味を付けただけという感じがする。

ところがカラスミは違う。原料のボラの卵巣そのままの形をした、半透明のオレンジ色に輝くカラスミは、見るからに濃厚で、滋養たっぷりで、充実していて、精がつきそうで、ようするに本能に訴える「旨そうな顔つき」をした食べ物なのである。

カラスミは高価なので、ふだんの食卓には上らない。私の子供時代は、正月の食卓にも家族だけのときは登場しなかった。どういうときに出てくるかというと年始の客がきたときである。それも父親がもてなしたいと思う大切なお客さんがきたときだけ、小さな皿に載って恭しく登場する。当時は数の子が「黄色いダイヤ」と呼ばれていて、乾物屋で扱う正月用食品の中ではダントツに高価なものだったが、カラスミは数の子のはるか上を行く食べ物だった。

「お、カラスミですな」

「へへ……お正月ですからね」

「たまりませんなあ」

「酒が進みますよね」

「しかし高価だったでしょう。こんな立派なカラスミだと」

「いやいや。長崎の乾物屋仲間が卸価格で頒けてくれますんでね」

カラスミを前にした父親はうれしそうだった。高すぎて買う客がいないために自分の店では扱わないカラスミを、客に出すことがうれしかったのだ。

私はといえば、父親や客がちょっとでいいからカラスミを残してくれないかと心の中で念じている。あわよくば「おい、食べてみるか」と、父親が言ってくれればいいのにと、ちらちら視線を走らせたりする。

酒が入ってご機嫌になった父親から、「食べてみるか」と言われて口に入れたカラスミの味はステキだった。チーズのようでもあり、生卵の黄身のようでもあり、干し柿のようでもあり、生ウニのようでもあり、それらのどれとも違っていた。大人はこんなに旨いものを食べているのかと思った。

だが、客を前にした父親は、なかなか「食べてみるか」と言ってくれなかった。客の前でそういうことをするのは行儀が悪いと考えていたのかもしれないし、ただ単純に、客との話に夢中になって私のことなど忘れていたのかもしれない。

正月が一日一日と過ぎていくにつれ、冷蔵庫に大切にしまってあったカラスミはだんだん小さくなる。カラスミが小さくなるにつれて、母親が切って出すひと切れの厚みがだんだん薄くなる。お客が途切れるのが先か、カラスミがなくなるのが先かというスリリングな展開に、私は気が気ではなくなる。私はカラスミの切れ端が欲しくて欲しくてたまらなかった。

もっとも、ぽっちり残ったカラスミの切れ端を食べ忘れてしまうこともあった。一月も終わろうという頃に、冷蔵庫の奥からカチカチになったカラスミを見つけるのはむなしいものだ。カチカチのカラスミはひび割れて、端には黒いカビなんぞが生えていたりした。こうなると捨てるしかないのだが、そのときの恨めしい気分といったらなかった。

いつか大人になったら、カラスミを一本丸ごとバナナ持ちしてバクバク食べてみたい――毎年正月がくるたびに頭に浮かぶ贅沢(ぜいたく)な夢は、もちろん叶(かな)わなかった。というより、叶える気がなくなった。あの手の食べ物はちょっぴり食べるから旨いのであって、バクバク食べても喉(のど)が渇くばかりで、身体にもいいわけがないことを知ったのだ。有り難味を持ってちょっぴりずつ食べる、これが知恵というものである。大人になることであった。

　子供時代の憧れの食べものであったカラスミとの縁は続いていたが、さらにその縁が深まったのは、今から一二年前、小説の取材で出かけたイタリアは、サルデーニャ島のヌオーロという田舎町であった。

　ローマから飛行機で島の北東にあるオルビアまで飛び、空港で借りたレンタカーで走ること三時間。岩山と石ころと少しの草と灌木と羊の群れが延々と続く道のりは、風景も時間も止まって感じられる。ようやくたどり着いたヌオーロは、素朴といえば素朴、殺風景といえば殺風景な山あいの町で、予約してあったホテルは町外れの鉄道駅のそばにあった。同行のガイド兼通訳兼運転手のＫクンによれば町いちばんのホテルということだったが、部屋は古く、街道沿いでクルマの音がうるさく、おまけに水道の蛇口をひねると錆で真っ赤な水が出てきた。しばらく流しっぱなしにしても赤いままだったから、水道管全体が錆びているのだ。

　長旅で、私もＫクンも腹ペコであった。ホテルにもレストランはあったが、水道から赤い水が出るようでは心配なので、外に出ることにした。町の中心に行けばレストランぐらいあるだろうと思って歩きはじめたものの、歩いても歩いてもそれらしき店が見つからない。イタリアならどこに行ってもあるバールも見あたらない。

Ｋクンが通りがかりの人に聞いてやっとたどり着いたレストランは、新興住宅地っぽい鉄筋アパートが並ぶ一角にあった。ひっそりとして地味なレストランだ。

中へ入ると、若いウエイターがこちらを見た。眉(まゆ)も揉み上げも太い、おっかない顔つきをしている。笑顔を向けるでもなく、私たちをただじっと見ているだけである。Ｋクンがイタリア語で「食事ができますか」と訊(たず)ねると、ウエイターはおっかない顔つきのまま頷(うなず)いてテーブルへ案内してくれた。調理場からテレビの音が聞こえて、私たちのほかに客はいない。

「この様子だと、あんまり期待できそうもないな」

「そうですね」

「俺はアサリのスパゲティでいいや」

「アサリですか。アサリはないようなんですけど」

Ｋクンがメニューを指でたどりながら言った。

「ここにボッタルガというのがあるんですが、何だかわからないんです」

「それってボッタルガじゃなくてボッタクルじゃないの。ま、いいや。俺はそれにする」

サラダも頼んで、あとはくるのを待つだけだ。一〇分ほどでテーブルにボッタルガのスパゲティが置かれた。見ると具がない。全体に赤茶色のスパゲティが山盛りになっているだけだ。うへえ、失敗した、と私は思った。ホテルの水道の赤い水が頭をよぎった。スパゲティのこの赤茶色は、あの赤錆色の水で茹でたからではないか。

私が皿とにらめっこしている間に、若いKクンはさっさとフォークを取ってスパゲティを口に入れた。さて、Kクンはどんな顔をするか。顔をしかめるか、それとも——。

「旨い！」

Kクンが唸った。

「ほんと？」

急いでスパゲティを口に運んだ。「あっ」と思った。これはカラスミだ。間違いなくカラスミのスパゲティだ。赤錆色に見えるのは、カラスミをすり下ろした粉でスパゲティを和えているからであった。

「Kクン。これ、カラスミだよ」

私が言うと、Ｋクンは「これがカラスミですか」と驚いている。カラスミを食べるのははじめてなのである。あっという間に平らげて、追加でもうひと皿ボッタルガスパゲティを頼んだ。Ｋクンに「このボッタルガのスパゲティは最高に旨いって彼に伝えてよ」と頼んだ。

Ｋクンが伝えると、おっかない顔のウエイターがにっこり微笑んだ。褒められたうれしさがパッと花開いたような笑顔であった。この笑顔を見るためだけにもう一度ヌオーロにきてもいいと思ったほどの、すばらしい笑顔であった。

あれから一二年、イタリアブームは日本にすっかり定着して、東京でボッタルガのスパゲティを出す店も珍しくない。しかし私にとって、ヌオーロのあのレストランの、ウエイターの笑顔つきボッタルガスパゲティより美味しいボッタルガスパゲティは世界のどこにもない。

すき焼き　父と二人だけの鍋

私は確信しているのだが、日本人の八五％ぐらいは「すき焼き」という言葉を聞いたとたんに胸ときめかせ、とどろかせ、張り切り気分がぐんぐん湧いてくるのではないか。少なくとも私はそうである。いや、私の両親、オクサン、息子や娘もそうである。息子も娘も家を出ているのであるが、たまに電話がかかってきたときにオクサンが「すき焼きするからね」と言うと、すっ飛んで帰ってくる（もっとも食べたらさっさと帰るのであるが）。

考えてみると、私の子供時代から「すき焼き」という呪文の威力は大したものであった。晩ご飯がすき焼きの日は、母親まで朝から張り切っていた。

夜、店仕舞を済ませると、母親は踏み台を使って冷蔵庫の上にあるすき焼き鍋を下ろす。このすき焼き鍋は、父親が東京駅八重洲口の大丸デパートのビルの上階にあった岩手の物産センターで買ってきた、南部鉄のすき焼き鍋である。わが家は私が一九歳のときに乾物屋から民芸品屋に商売替えしたのであるが、父親はその前から民芸品の勉強をはじめていて、そこの物産センターにもよく通っていた。そこで見つけて矢も盾もたまらず欲しくなり、大枚はたいて買ってきたのがこのすき焼き鍋なのであった。

「南部鉄は食べ物の味をよくするんだ。南部の鉄瓶で沸かした湯で入れるとお茶も旨くなるし、すき焼きも肉が柔らかくなって、美味しくなるんだ」

そう言って、父親は母親が下ろしたすき焼き鍋を惚れ惚れと撫でるのだが、私は鍋なんかどうでもいいから、その分肉の量を増やして欲しかった。いくら肉が旨くなるからといって、いくら一生ものだからといって、何万円もする鍋を買う父親はとんでもない変人に思えた。

食卓に卓上ガスコンロが置かれ、南部鉄のすき焼き鍋がその上にうやうやしく置かれる。母親が近所の肉屋で奮発して買ってきた牛肉の包みを開いて、私と弟に見せる。いよいよすき焼きイベントのはじまりである。鍋が温まると、母親はまず牛の脂を入れて菜箸で鍋肌をすべらせる。次にネギを入れて焼き、それから肉を入れ、肉の上から砂糖をたっぷりかけ、その上から醤油をかけて「ジュッ！」と焼き、余ったスペースに白滝、椎茸、焼き豆腐、春菊を入れていく。肉の焼ける「ジュッ！」は、じきに白滝や野菜から出る水分に押され、「じゅくじゅく」「ぶくぶく」という音に変わる。こうなると肉は食べ頃である。

父親は最初に入れたネギに焦げ目がついた頃合いを箸でつまんで食べるのが好きだった。しかし、私と弟は野菜よりも肉である。焼き豆腐なんぞには目もくれない。すき焼き用の生卵は一個であるが、一個ではとても間に合わない。でも、卵は一人一個と決まっているのだった。二個は贅沢だし、卵の食べ過ぎは体に悪いというわけだ。私は一個も二個も変わらないと思うのだが、母親にとっては一個と二個では大違いであった。

それがわかっているから、私は肉にちょっぴり卵をつけて食べる。いつかはこの卵がなくなってしまうと思うと淋しくて、ちょっぴりちょっぴりつけて食べた。父親は子供たちが必死に食べている姿がうれしそうで、最後まで肉には手を出さなかった。

その父親と二人きりで旅をしたことがある。昭和五〇年、私が二七歳のときである。「正一、会津本郷の窯出しがあるんで一緒に行かないか」と言われて、付いていくことにしたのである。

　父はその頃、糖尿病で体調を崩していた。一人で行っていた民芸品の仕入れの旅もだんだんきつくなっていた。この機を逃したら、二人で旅に行くチャンスはないと思った。私がねじめ民芸店のライトバンを運転して会津に向かった。

　長時間の運転であったが、車の中で父と何を話したのかははっきり覚えていない。が、父はずっと機嫌がよかった。途中赤べこをつくっている三春に寄って、午後に会津本郷に着いた。山間の、のんびりした、雰囲気のある窯であった。

　会津本郷窯はほかの窯よりも値段は高いが人気のある窯だ。窯出しとあって、地元の土産物屋や民芸品屋が大勢車でやってきていた。東京の民芸品屋は我々だけであった。

　窯は山の中腹にある。年配の女性たちが、焼き上がった焼き物を大きな籠に入れ、天秤棒の前と後ろにぶら下げて肩に担いで次から次へ下りてくる。

　一人が下りてくると、バーゲンセールの会場のように土産物屋や民芸品屋がわっと群がって、籠の焼き物を取り合う。次の一人が下りてくると、またわっと群がって漁り合い、奪い合う。すさまじい、あさましい光景であった。会津本郷の焼き物の品のいいイメージとはほど遠かった。私はあっけにとられて眺めていたが、父親は負けてはいなかった。前にいる人間を吹っ飛ばすように突進して割り込んで行くのだ。その後ろ姿は、「そんな甘っちょろいことを考えていたら、欲しいものは地元の業者にみんな持って行かれてしまうぞ」と言っていた。だが私は何もできなかった。気後れして、父の後ろ姿を見ているだけであった。

やがて父親は、にしん鉢、片口、小皿、灰皿などをたくさん仕入れて戻ってきた。夕方になっていた。私と父親はライトバンに乗り込んで旅館に向かった。車の中で父親は、「これだけ人気があったら東京から何度注文してもくるわけがないな」と呟いた。父親の疲れが伝わってきた。

泊る旅館は古めかしかった。というより、おんぼろであった。ところが、夕食はすき焼きだったのだ。糖尿の父の体に砂糖はいけないので、甘みの少ないすき焼きであったが、肉は会津牛の肉で旨かった。二人座って差し向かいで飯を食べるのは久しぶりであった。食べはじめると父も食欲が出てきたようで、箸をのばしてよく食べた。あれだけ動いたのだから、当然といえば当然の食欲であった。

「あのな。ジュースとかコーラとか、甘いものはあんまり飲まないほうがいいぞ」

父が私に言う。自分が糖尿病になったことを反省していると、今度は別のことを言い出した。

「この旅館の器、最低だな。今日仕入れた会津本郷の小皿、あれを出して、あれで食べよう」

いい考えであった。父親は自分が仕入れた品を確かめたいのだ。それにしても旅館の部屋は殺風景だった。ガランとして何も置かれていない。絵のひとつもない。食器も大量生産の安物であった。

窯元で仕入れた品は、旅館の駐車場に置いてあるねじめ民芸店のライトバンの中である。

「俺が取ってくる」

父が立ち上がった。立ち上がったものの、その場に立ち竦（すく）んで手を額に当てた。

「体が傾いている感じがする。部屋が歪（ゆが）んでる感じがする。糖尿のせいで、体のバランス感覚がおかしくなっちまったのかな」

暗い声で言った。私は驚いて父の体を支えようと立ち上がった。すると、私も左に体が傾いている感じがするではないか。何のことはない、部屋の床が全体に左に傾いているのであった。

「おやじ、これって部屋が傾いているんだよ」

私が言うと、父親は一瞬びっくりした顔になり、それからげらげら笑い出した。

「そうだよな。俺もおかしいと思ったんだ」

ひとしきり笑ったあと、私が父の代わりに会津本郷の焼き物をライトバンに取りに行った。持ってきた片口と小皿を洗面所で洗って父親の前に差し出すと、「いいなあ」と父はにっこり笑った。会津本郷の青みがかった肌がすき焼きにぴったりであった。さっきよりもすき焼きが百倍豪華に見えてきた。砂糖が少ないので物足りないと思った味も、肉の旨味がよくわかっていいと思えた。

「正一、帳場へ行って肉の追加を頼んでこいよ」

父親はそう言うと、残りの肉をぱくぱく食べはじめた。二人前追加を頼んだ肉も、二人できれいに平らげた。一日動いたのと腹がくちくなったのとで、布団に入ると父も私もすぐに寝入った。夢も見ない深い眠りであった。

翌年、父は脳溢血(のういっけつ)で倒れて商売から退いた。次の朝には東京に戻るという父との短い一泊旅行であったが、会津の旅が親子の最後の旅になった。旅館の傾いた部屋で、仕入れたばかりの会津本郷の焼き物で食べたすき焼きの味も、一生忘れられない味になった。

編　集　　緒形圭子
カバー画　唐仁原多里
DTP制作　岡南治郎　中村ジューコ桂子

本書は、『我、食に本気なり』（2009年小学館刊）に加筆・修正をし、再構成したものです。

ねじめ正一の商店街本気グルメ

2015年3月1日　第1版第1刷発行

著　者　ねじめ正一
発行者　清田順稔
発行所　株式会社 廣済堂出版
〒104-0061　東京都中央区銀座 3-7-6
電話 03-6703-0964（編集）
03-6703-0962（販売）
Fax 03-6703-0963（販売）
振替 00180-0-164137
http://www.kosaido-pub.co.jp

印刷所
製本所　株式会社 廣済堂

装　幀　株式会社 オリーブグリーン
ロゴデザイン　前川ともみ＋清原一隆（KIYO DESIGN）

ISBN 978-4-331-51917-2 C0295